幕末万博騒動

角川文庫
24625

目次

自分のことほど
わからぬものはない

第一章　朝、悩む

なぜ女なのに男の恰好《かっこう》をするのか、と問われたら、それはそうしたいからだ、としか朝《あさ》は答えられぬ。

顔を洗おうとして、木桶《きおけ》に溜《た》まった水に映る己の顔を見てそう思った。

黒船来航から十数年を経て時代が動こうとはしているが、奇矯な事であるのは間違いなかろう。

巻き癖のついた黄金色の髪は短く切られ、耳のところまでしかない。

切れ長の大きな目に浮かぶ、灰青色に染まる瞳《ひとみ》。

細く、高い鼻。

米利堅人《メリケン》の父から引き継いだ「血」である。

滑らかな肌。

人形のように整った顔のつくり。

遊女の母の「血」だ。

桶《おけ》に満ちた冷たい水に手を差し込むと、それらの「血」が混じった顔が瞬く間に崩れて溶けていく。

そうして水をすくっては己に塗りつけるように顔を洗った。

秋も始まったばかりというのに、ずいぶんと冷える。

寒さに弱いので、ざぶざぶとは顔を洗えぬ。

しばらくそうした後、手拭《てぬぐ》いで顔を拭《ふ》いていると、水面がまた静かになって朝の顔を映す。

男になりたいのか、といえばそういうわけでもない。

もちろん、男の方が認められている世の中だからそう思うこともあるが、自分の場合は興味の域を超えていないと思う。

そうそう本気ではないのだ。

江戸《えど》で生きる女たちを見ていても割を食っていることも多いが、逆に「女は強《したた》かだ」と感心することも多い。

男にしたところで、やたらと窮屈にしか生きられぬようにも見えるし、下手をすると己が悪くないのに腹を切らねばならぬことまである。

おそらく、問題は生き方なのだ。

自分は見た目から江戸に住む多くの者と違う風貌《ふうぼう》であるし、しかも「混じり血」だ。

江戸ではいわれのない酷《ひど》い扱いを受けることも多い。

店に入れないこともあるし、歩いているだけでひどい言葉を投げかけられたりすることもある。

そういうことがあるとえらく悲しい気持ちになるけれど、あらがったからといって変わるものでないことも、残念ながらわかっている。

結局、好きに生きるしかないのだ。

だから女なのに、十六という歳《とし》にまでなって髪を短く切り、男の恰好をする。

米利堅人としての名前も持っているが、「朝」という日本名で通す。

しかし、「好きに生きる」ということがそういうことなのか、と言われるとよくわからない。

日本と異国とを橋渡しする通詞として生きていく、ということにしてもそうだ。

己で決めたことではある。

しかし、日本人でも異国人でもない自分の、身の置きどころに困っているだけなのかもしれぬ。

結局、自分は異物なのだ。

日本にとっても、異国にとっても。

なにより、己にとっても。

朝は縁側から部屋に戻って浴衣《ゆかた》を脱ぎ、胸にさらしを巻いた。

そこへ襯衣《シャツ》の上に臙脂《えんじ》色の上衣《ジャケツ》を羽織り、穿《は》き口が狭い黒い洋袴《ズボン》に脚を通すと、居間へと向かった。

「おお、アサか。相変わらず早いのう」

「おはようございます。そういうジュノさんも最近は早起きですね」

「良いか悪いかわからぬが、座敷仕事に呼ばれることが少ないから夜が早い。楽は楽だが張り合いがない」

朝の住まうこの墨長《すみなが》屋敷には同居人がいるのだが、その一人である能代寿之丞《のしろことぶきのじょう》が居間で茶を飲んでいた。

寿之丞は三十過ぎの巨漢で、大ぶりの目鼻口がついた派手な顔立ちをしているが、その異形を説くにはそれだけでは足らぬ。側頭部を剃《そ》り上げ、頭頂部と前頭部に残った髪、本人曰《いわ》くの「逆月代《ぎゃくさかやき》」を逆立てた実に妙な髷《まげ》を結っているのだ。

朝も初めて見た時にはこの人の頭で何事が起きたのだろうかと思ったが、実際話してみると優しい気性をしていて、振る舞いも丁寧である。

名前も「寿之丞」というひどく大仰な名前であるが、屋敷に住む者はあだ名で呼び合うことが多いらしく、寿之丞は「寿《じゅ》の字」「寿《じゅ》の」などと呼ばれている。

住み始めた当初は皆のあだ名の響きが珍しく、自分は何と呼ばれるのだろうかと楽しみにしていたが、そのまま「アサ」と呼ばれるようになり、残念な思いをした。

「コキリさんはまだですか」

もう一人の同居人である戯作者の小霧《こきり》について尋ねると、寿之丞は苦笑いをして首を振った。

「こんな早くにあやつが起きるわけないだろう。寝とる寝とる……先ほどそれがしの朝餉《あさげ》に握ったものの余りだが、食べるか」

寿之丞がそう言って傍の握り飯を指差すので頷《うなず》くと、ちょっと待たれい、と言って火鉢の網に乗せてくれた。

ぱちぱち、と音がして握り飯が焼けていく芳ばしい香りをにおいながら、朝は寿之丞に問うた。

「ジュノさんは何故、その身なりなのですか」

「うむ？　この髷のことか？」

「まあ、そうなのですが、着物も選びに選んだものをお召しになっているでしょう」

寿之丞はその巨軀《きょく》にまとった長着が、墨色の地に紅色の大きな弁慶格子が入った柄であるから、その顔の作りや髷に負けずに派手である。

他にも紅殻縞《べんがらじま》やら何やら、目立つ装いをすき好んで選んでいるのだ。

「まあ、こういう恰好をする理由がなくはない。それがしの体が大きすぎるうえ、こういう顔だからのう、皆が着ているような羽織袴《はおりはかま》や普通の髷が似合わないのだ」

真面目な顔でそう言うと握り飯をひっくり返した。

朝は、なるほど、と思った。

確かにそうかもしれぬ。

と納得したその途端、寿之丞がこちらを向いて片眉《かたまゆ》をあげ、不敵に笑った。

「というのが表向きの言い訳。公の理由だ……これは茶漬けにするか、焼き握りのまま食べるか」

茶漬けでお願いします、と朝が答えると、寿之丞は皿にとった焼き握りに醤油《しょうゆ》をたっぷりとつけ、また火鉢の網に戻した。

じゅう、と音がして醤油の焦げる香りが居間に立ち込める。

「表向きの理由と言われるならば、裏側の理由もあるのですか」

「裏側も何も、それがしの気持ちひとつの話だがな……いや、元々はそこまで考えずに似合うものを求めて好きなように選んでいただけだったのだが、三十路《みそじ》も過ぎて少し落ち着くと、それだけではないように思ってきたのう」

「それだけではない、と言いますと」

「髪をどうするか、装いをどうするか、というのは『己がどう見られたいか』について選んでいることだ。それが表の皮一枚のことと若い頃は思っていたのだが、それが意外にも己の心の奥底をあらわしているようにも思えてのう……お待たせした」

寿之丞が出した茶碗《ちゃわん》には焼きむすびが鎮座していて、そこにほうじ茶がかけてあった。

礼を言って食べ出すと、醤油のこげた香りとほうじ茶がなんとも合っている。

「美味《おい》しいです」

「ちょっとした美味《うま》さだのう、こういうものは」

「それで、『それだけではない』というのは」

「うん？……ああ、風体の話か。気になるようだのう。まあお主も奇矯といえば奇矯な恰好《かっこう》をしているからな。いや、結局、己が選んでいる恰好というのは、自分がひそかに求めていることだと思うのだ」

途端、朝は箸《はし》を止めた。

やはり自分は男になりたいのだろうか。

あわてたように寿之丞が顔の前で手を振る。

「ああ、すまんすまん。いま朝が思っていることとはおそらく違うと思うぞ。それがしは言葉が足らぬことがある」

「いえ……でも、僕はもしかしたら心の奥底で男になりたいと望んでいるのではないかと思う時もあるので」

「うむ。本当のことは人の身ではわからんことだがのう。少なくとも朝が己を知ろうとしているのはその風体が示しておる」

「己を知ろうとしている？」

「なかなかわからぬことだからのう」

寿之丞にしてはめずらしく禅問答のようなことを言い放して、そのまま厨《くりや》へと姿を消してしまった。

朝は首を傾げながら焼きむすびを箸でほぐし、茶と一緒に啜《すす》り込んだ。

膳《ぜん》を片付け終えると、朝は神田《かんだ》へと出かけることにした。

通詞の仕事を求めに、口入屋へ顔を出さねばならぬ。

異国が日本への影響を強め、新しい時代を迎えようと混乱しているいま、朝にとっては好機なのだ。

朝は早く一人前の通詞になりたいと強く思っていた。

一緒には決して住まなかった日本人の母と、米利堅人の父をつなぎたい、という幼い頃の願いが果たされぬまま、そういう望みになっているというのは自分でも理解している。

が、母が亡くなったとて、そして長じたからとて、おさまる望みではない。

通詞の仕事が数多くあるいま、多少危ない目にあっても仕事を受けるべきなのだ。

洋杖《ステツキ》を手に外に出ると晴れてはいたが風が冷たかった。

大きな首巻きを頭巾《ずきん》のようにして顔の周りに巻く。

この首巻きは自分でこしらえたものだ。

朝は亡くなった母が好きだった手仕事を習っているのだが、これはその稽古《けいこ》の中で作り上げた初めての品である。

ある部分はメリヤス《編み物》の技法で編み上げ、そこに余り布を継ぎ足したり、刺し子にしたりして大きめに作ってある。

なぜそういう作りになったかといえば、朝が不器用で針仕事、糸仕事がうまくできないからだ。

普段は一回聞いた言葉を忘れることはないのに、手仕事のこつは何度教えてもらってもすぐに忘れてしまう。

縫い物、編み物、針仕事のすべてに苦心した挙句に習作をつくりちらかして諦《あきら》めようとしたのだが、作ってしまった以上は捨てるに忍びない。

挙句、それらを一枚の布にしたらどうだろうか、と思って形も大きさも違うそれらをすべてつなげてみた。

ただのつぎはぎではない。

それらを作っている技法さえもばらばらなので朝としては赤面するほど恥ずかしい一品であるが、師匠の意見は違った。

「これは良い出来だぞ、朝。ここまで違う材をつなげているのは見たことがない。朝にしかつくれない品だ」

とは師匠の言だが、その性根が柔らかい人だけに、優しさからそう言っているように聞こえた。

そう伝えると「朝にしか見えぬ景色があるということを忘れぬ方が良い」と、心の底を覗《のぞ》きこむようにまっすぐ見つめられた。

そうされると納得するしかないが、やはり、意味はわからない。

再三聞いても同じ答えしか返ってこないが、どうやら口上手ではないらしい。

結果、首巻きを普段使いにすることになったが、己の不器用を見せびらかしているようで外に出てから外す時もある。

しかし、今日はそういうわけにはいかぬ。

とにかく寒いのだ。

洋杖を握る手がかじかむほどだが、道ゆく人を見るとさほどでもなさそうだから、やはり朝が寒さに弱いのだろう。

口入屋に飛び込んだ時にはすっかり冷え切っていた。

手をこすり合わせながら土間から上がると、店の主人が誰かと話し込んでいる。

「……いやはや、他ならぬ黒瀬《くろせ》様のお願いですからなんとかしたいのはやまやまなんですが、わたしの知人友人のつてをたどりましても、すぐには空いている借家も長屋もございませんで」

「困ったな。狭くても、どんなところでもかまわんのだが」

相手は困りきった様子であるが、どこかで聞いた声である。

「それでも駄目でして、申し上げた通り、三、四日空ければなんとかなりそうなのですが」

「ううむ……仕方なし、まずはどこかで宿でも取るようにするか」

朝が店の奥に入り込んで驚いた。

「師匠！　感九郎《かんくろう》様！」

「おお、朝ではないか。こんなところで会うとはな」

こちらを向いた浪人風のその姿。

二十半ばの痩《や》せた身のどこかが浮き足立っている。

整った顔つきではあるが、妙に主張の激しい眉《まゆ》の根にしわがよっている。

いつも奇妙な騒動に巻き込まれ、困ってばかりのこの男。

誰あろう、朝にメリヤスや糸仕事の稽古をつける師匠、黒瀬感九郎である。

「……師匠、なぜこちらへ」

朝は不思議に思った。

そもそもが通詞の仕事を江戸で探しはじめた頃、この口入屋を紹介してくれた本人であるから、おかしなことではない。

しかし、今の感九郎にはここにやって来る理由がないはずなのだ。

「うむ……」

「ひょっとしてまたメリヤス仕事を始めるのですか？」

朝は声が高くなった。

感九郎は江戸で一、二をあらそう大魚問屋の日本橋《にほんばし》「魚吉《うおよし》」に婿入りするまでは浪人に身をやつし、内職にいそしむ日々だったらしい。

なかでもそのメリヤス《編み物》の技は随一で、この口入屋の商いがうまいこともあり、随分な高値で売れて依頼が殺到していたと聞く。

「いや、そういうわけではない。相変わらず『魚吉』も繁盛していて人手が足りぬくらいだしな……それでも編もうと夜に鉄針を手にすると、こんどは娘のよりが泣きはじめて寝てくれぬ。結局、糸も針も放り出す毎日だ」

感九郎は濃い眉毛《まゆげ》を八の字にしつつ、それでも微笑んでいる。

よりとは先の正月、数えの三つになった感九郎の娘である。

メリヤスの稽古を受けに日本橋「魚吉」に行った時にはよりと、感九郎の妻の真《ま》魚《お》に会うことが多いが、実に仲睦《なかむつ》まじいのだ。

「これは朝様、ちょうどよかった。お願いしたい通詞のお仕事があるのですよ。ぜひお話しさせてもらいたいのですが……その前に、もっとおっしゃってくださいませよ、黒瀬様に。わたくしどももぜひメリヤス仕事に復帰して頂きたく思っておるのです。黒瀬様のメリヤスを待っている武家、商人の皆様はたくさんおりますのでね、以前よりはるかに値を釣り上げられますよ」

口入屋の主人が割って入って来る。

それならやはり感九郎がここに来る意味はない。

忙しいなか茶飲み話をしにきた、というわけでもなかろう。

さらに聞こうとして気がついた。

いつも小綺麗《こぎれい》な風体をしている感九郎が、なぜか乱れている。

眺めていると、また口入屋がぺらぺらと喋《しゃべ》りはじめた。

「いや、一昨日《おととい》の夜、日本橋『魚吉』が焼けてしまったじゃないですか」

「焼けた!?　感九郎様、お店が火事にでもあったのですか!」

すると感九郎は苦虫を嚙《か》み潰《つぶ》したような顔をして首を振った。

「焼けてはいない。ぼやですんだのだ」

「焼けてるじゃないですか。わたしの所にこうやって住処《すみか》を探しにきてるんですからしっかり焼けてますよ。しかも、朝様、どうやら火つけらしいのですよ」

口入屋の言に、朝はさらに驚いた。

火つけは重罪である。

しかし、黒船来航以来のこれからの時代に向かう大事なときに、攘夷《じょうい》だ開国だ、倒幕だ佐幕だ、という様々な主義主張の争いが絶えぬ。

その末、江戸はいままでより治《おさま》りが悪くなった。

盗み、喧嘩《けんか》のたぐいはもちろんのこと、火つけまでが増えたのである。

「ご家族は大丈夫だったのですか」

朝の声がさらに高くなるのへ、感九郎は両手のひらを前に出してうなずいた。

「よりも真魚も、義父母も安泰だ……心配かけてしまったな。朝たちにも知らせねばと思ったのだが、ひとまずは店のことやら家のことやらを先んじてせねばならなかったのだ。すまんな」

朝はかぶりを振った。

「どれほど焼けたのですか」

「いや、焼けたというほどではない。しかしな……店の奥の寝間も居間も濡《ぬ》れたり壊れたりしてな、布団やら器やら使えなくなってしまった」

火事が出た時には延焼を防ぐために水をかけたり建物を壊したりする。

そのおかげで火が広がらないですむのだが、火消し人足たちは先んじてそういうことをするから、屋敷に住めなくなってしまうようなこともまああるのだ。

それでも江戸の大工たちは腕が達者で、すぐさまに直しにかかってくれるのだが、「魚吉」ほどの大店《おおだな》とあれば長屋と同じようにはいくまい。

暮らしが元通りになるまでしばらくかかることは朝にもわかった。

聞けば、かろうじて一人分の布団や寝るところは店に残っていたから、義父には店を守ってもらうことにしたらしい。

「ありがたいことに義母の親戚《しんせき》の屋敷に余裕があるからと仮住まいさせてもらうことになったのだが……そこが思ったより狭くてな、私が出ることになったのだ」

「それでわたくしどもの店を頼りにしてくださった次第で……いや、先ほども申し上げた通り数日お待ちくだされば空きも出るのじゃないかと。事によったら別を当たっても良いと思いますが、時節柄、空きは出にくいと思いますよ。宿を取った方が良さそうですな」

店の主人にそう言われて感九郎が腕組みするのを見て、朝はまた声を上げた。

「師匠！　簡単な話ですよ。墨長屋敷にいらっしゃれば良いじゃないですか。いらしていただけたらメリヤスの稽古《けいこ》を受けられるから、僕は嬉《うれ》しいです！」

「おお、それは良いですな。もし数日経ってやはり住処が必要ならいらしてくださいませ」

「数日でも、しばらくでも大丈夫ですよ。遠慮はいりませんよ、ジュノさんもコキリさんもきっと喜ぶはずですから」

そう言うと、感九郎の眉間《みけん》のしわがさらに深くなった。

もともと感九郎は婿入りするまで墨長屋敷に住んでいたのだ。

初めて会った頃に感九郎が話してくれたその暮らしが楽しそうに思えて、頼んで住まわせてもらっている経緯がある。

そして実際、この数年は愉快に過ごしているし、学んだことも数多くあるのだ。

だからきっと喜ぶに違いない。

そう思ったのだが、何故か感九郎はがっくりとうなだれた。

「うむ……仕方がない」

そう言って、深いため息をついていた。

なぜか意気消沈した感九郎が、それでも墨長屋敷に来ることに決めて口入屋を去ったあとのことである。

店の主人が朝に通詞の仕事の紹介をしてくれた。

「この間、朝様に通詞を依頼された仏蘭西《フランス》のお客様がいらしたではないですか。茶器ばかりお買い求めになる」

朝は江戸に住むようになってから、英語だけではなく仏蘭西語と阿蘭陀《オランダ》語も勉強するようになった。

時代の流れを読んでのことである。

知り合った仏蘭西人に習っている修行中の身ではあるが、日本にはまだ仏蘭西語に堪能《たんのう》な者は少ない。

それで朝にもよく通詞の仕事がくるのだ。

「あのお方が昨日いらして、また朝様にお願いしたい、と」

「わかりました。また前回のように買い付けに随伴して通詞をするだけで良いのですか」

「それが少々違うようで……来年、仏蘭西は巴里《パリ》で開かれる万国博覧会はご存知かと」

朝はうなずいた。

万国博覧会、通称は万博である。

国際博覧会とも呼ばれるその大会は多くの国の代表が一堂に集まる。

そうして各国の技の精緻《せいち》を極めた物品や、文化の高みを発表、展示するのだ。

世界一の催し物といっても良いだろう。

「いや、あの万国博覧会というやつは商いの方にも随分と影響があるらしいですな。件《くだん》の仏蘭西のお客様のご商売にもずいぶんと関係があるとのことで」

それはそうであろう。

転ずれば、万博に展示される物は、その時代で一番高値のつく商品を生むこともあるのだ。

その国の文化が世界的に注目されれば政《まつりごと》にまで影響を及ぼす。

万国博覧会は世界の様々な国の「立ち位置」が決められてしまう場なのだ。

黒船に乗って米利堅からやってきた朝の父、ロジャー・スミスも万博については神経を尖《とが》らせている。

公にされている国際的な行事としては最重要の一つと言っても過言ではない。

「僕の通詞する先では皆、そのようにおっしゃいます。その万博がどうかしたのですか」

「いや、日本の万博参加についての話を聞きたいと」

「僕にですか？　いいですけれど、幕府の決めることだから僕のような者にはわからないことも多いですよ」

父に聞けばわかることもあろうが、と朝は胸の中でひとりごちた。

父、ロジャーは通詞でもあり、米利堅からやってきた者たちに日本の文化を伝える役目があるどころか、連邦政府から命ぜられて間諜《かんちょう》のようなことまでしている。

それに気がついていない幕府は、ここ数年で様々な相談をしにくるので、父は内情をよく知っている。

父はそれを悪びれずに暮らしているが、朝はそういう父に、なるべく頼りたくはないと思っているのだ。

「わたしもそう思ったのですが、どうも万国博覧会というよりも昨今の日本の事情について知りたいらしく」

「日本の事情？　万博のことではないのですか」

「そこがよくわからないのですよ。わたしは仏蘭西語がわかりかねますしね、お客様のお連れになっていらっしゃる仏蘭西人の通詞は日本語がまだ片言でして、とにかく朝様に話が聞きたい。おかしなことになっていて、わけがわからない、と」

「おかしなこと？」

「まあ、とにかく行ってあげてくださいませ。あのお客様は日本にいらして日が浅いからわからないことも多いのでしょう。一昨日《おととい》から江戸に買い付けに来て品川《しながわ》宿に宿を取っているらしいですから。今日と明日《あした》は品川で休みをとっているそうです」

「行くのはいいですが、役に立てないかもしれませんよ」

「いいんですいいんです。あのお客様は払いはきっちりとしていますから、朝様がどうあれ、礼金を支払わないなんてことはないはずです」

口入屋の主人はそう言うと、品川宿の旅籠《はたご》の名を書きつけて朝に渡してきた。

品川宿まで行き、宿を探すとしても一刻半《いっときはん》もあれば足りるだろうと思っていたのが甘かった。

とにかく冷えるのだ。

陽はよく照っているが、風が冷たい。

寒さをしのぐ物は例のつぎはぎの首巻きしかない。

こういう時に手袋でもあれば良いのだが。

メリヤス手袋をつくれるくらい手が達者になりたいものだ。

師匠の感九郎はもちろんのこと、兄弟子の編む手袋も実に見事だ。

兄弟子は無口であまり語らぬ人だが、相当な剣客だという話を感九郎から聞いている。

江戸に出てから、朝が武術をはじめたのはその兄弟子の影響もある。

もちろん、第一に身を守るためなのだが、朝が己の身体を動かすのが不得手なことと不器用なことは同じだと思いしらされたのだ。

兄弟子がメリヤスを編んでいる姿は力が抜けた、まことに見事な体配りなのである。

一度、どうすればそのように針を操れるのかを聞いたことがあった。

「道具に逆らわず身体を使わねばならぬというのは、針でも刀でも一緒だ」

兄弟子はそう呟《つぶや》いただけだったが、説得力に満ちていた。

冷えに耐えながら、早々にメリヤス手袋を編めるくらい器用になってやる、と決意を固めたが、それでも冷えるものは冷える。

四半刻ごとに、茶店に飛び込んでは団子を焼くための大火鉢に手をかざし、熱い茶で暖をとる始末。

三軒目の茶店で、朝の寒がるのをかわいそうに思ったのか、女将《おかみ》さんが石を炉端で温め、布で包んで懐炉にして持たせてくれた。

それを外套《がいとう》の内側に仕込むと、確かに暖かい。

これ幸いにと急いだが、昼には着くはずの品川宿に到着したのはすでに八つほど。あと二刻もすれば日が暮れてしまう。

宿に向かうと、頃合いよく仏蘭西人の依頼人は客間にいるらしかった。

帳場の者へ引き合わせを頼むと、先客がいるらしい。

店の間で待たされてしばらく、この寒いのに着流し姿の背の高い男が出ていった。

その後すぐに呼ばれたのでその男が先客だったのだろう。

依頼人の客間に案内された朝は、早速話を聞くこととなった。

「朝さんに来てもらえて本当に助かりました。この国は私ではわからないことが多くて」

ロシェという名の恰幅《かっぷく》の良い身体の依頼人は愛想良くそう言った。

もちろん仏蘭西語である。

まだ朝にわからぬこともあるが、先方が連れている仏蘭西人の通詞に聞けば英語で言い直してくれるので、仕事に問題はない。

件の仏蘭西人通詞はロシェと朝にお茶を淹《い》れてくれている。

異国人は日本の茶を好む者が多いと聞くが、ロシェもそうなのだろう。

「またお呼びくださりありがとうございます。仲介してくれた店からは来年の万国博覧会のことについてご不明点があるというお話をうかがっております」

「まさにその通りです」

「残念ながら僕は幕府に出入りしておりませんので、分かりかねる点も多いのですが」

「いえ、それ以前の話なのです。日本という国がわからないのです」

「それ以前？」

「去年、江戸幕府が来年のパリでの万国博覧会に参加を表明しました」

「そうでしたね」

江戸の町に話が回る前に、朝は父からその話を聞いていた。

ロシェは眉《まゆ》を顰《ひそ》める。

「そして先月、江戸幕府が各地方の国？　principauté ?」

「ああ、日本でいうところの『藩』でしょうか」

「そうです、その『藩』です。日本各地へ『パリ万博の江戸幕府の展示に加わりたい藩は手を挙げろ』と知らせたとも聞きました」

朝は面食らった。

それは知らなかった。

当然、父は知っているだろうが、朝はここしばらく横浜《よこはま》に帰っていないから聞けていない。

いずれにしても、異国人とはいえ、一介の商人であるロシェがなぜそんなことを知っているのだろうか。

思っている以上に万博が世界各国の商いに影響を与えているということだろうか。

「……よくご存知ですね」

「欧州人には欧州人のつながりがありますので。それに、私は母国で貴族相手の商いをしているものですから、政治に関わることには強いのです」

ロシェは自慢げに口髭《くちひげ》をさわっている。

それを見ながら、朝は自分の額を撫《な》でた。

集中するときのくせである。

ロシェとの話は慎重に進めなければいけない。

先方は朝の父が、米利堅の要人、ロジャー・スミスだということを知らぬとは思うが、用心するに越したことはない。

父は最近、幕府の相談を受けるほどの地位にあるのだ。

とくに今は相手の方が自分よりも事情に詳しいようであるから、なおさらだ。

「ロシェ様は仏蘭西でも大きなお仕事をされているのですね……しかし、その幕府の布告になにかご不明点でもありましたか」

するとロシェは傍についていた己の通詞に席を外すように言って部屋から追い払うと、声をひそめた。

「……朝さんは通詞の仕事で何が大事だと思っていますか」

そのロシェの眼を見た朝は固唾《かたず》を飲んだ。

鋭く、影のある眼光を放っている。

自分は危険な場に足を踏み込んでしまったらしい。

「……依頼してくださる方と、先方の、共に良い結果になるように通詞することです」

「それはたしかに大事なことです……他には」

「……言葉に表れないものもやりとりできることです」

「素晴らしいですね。良い通詞は言葉の裏に隠れている文化、気持ち、事情もふくめて伝えていかねばなりません。朝さんは良い通詞です……でも、一番大事なことを忘れています。もう一つあるのです」

ロシェの目が暗さを増していく。

鬼一口、という言葉がある。

日本の各地に、一口で鬼に食い殺される説話が残っているが、そのような「尋常ではない危険」のことだと聞いている。

いままで通詞をしているなかでは「鬼一口」と呼ばれるくらいの危険を感じたことはなかった。

商談や買い付けの最中に、依頼人が妙な雰囲気を纏《まと》うことがあったくらいである。

そんなときは気を集中して、相手が何を考えているのかを感じ取り、いつもより慎重に、かつ正確に言葉を選んできた。

しかし、今、ロシェを前にして感じていることはそれどころではなかった。

もしかしたら初めての「鬼一口」なのかもしれぬ。

気をつけろ、と心の奥底から囁《ささや》いてくるものがあるのだ。

「どうしましたか、通詞にとって一番大事なことがなにか、わかりませんか」

ロシェは問い詰めてくる。

朝はすぐには口を開かず、もう一回、額をなでた。

なぜ、朝を呼んだ挙句、わざわざこんなことを聞いてくるのか。

しかも本題に入る前に。

いま考えなければならぬのはそれである。

そうすればロシェが望む「通詞にとって一番大事なこと」が導き出されるはずだ。

朝はゆっくりと息を吸い、口を開いた。

「通詞にとって大事なことは……決して秘密をもらさないこと。仕事の後は依頼人のことも忘れてしまうくらいに」

「Très bien《トレビアン》！　素晴らしい！　さすが私の見込んだ朝さんです。若いのにきちんと理解している。そうです。通詞にとって一番大事なのは秘密を守ることとです。それができない人は仕事を失います。もしくは……命を落とします」

そう言って笑い声を上げたが、目は穏やかではないままである。

それでも朝が目をそらさずにいると、ロシェはゆっくりとうなずいた。

「……そのうえ度胸もある。いいでしょう。いまから私の話すことは決して口外してはなりません。そうしないとあなたも私も殺されてしまうかもしれません。今から喋ることはそういう類のことなのです」

やはり剣呑《けんのん》な話だ。

まばたき一つのあいだ、朝は躊躇《ちゅうちょ》した。

いまなら引き返せる。

話を聞かずに帰れ。

朝の心の奥底がそう囁いている。

しかし一方で、まったく別の声も聞こえてくるのだ。

これは好機だ。

口外できぬにせよ、他の者が知らぬことを知るのは大事だ。

他の通詞たちより一歩先に行くことができるかもしれない。

しかし、心の囁きはそれだけではなかった。

ロシェがここまで慎重になる、その秘密とやらの中身を知ってみたい。

別の方角から、そう囁きかけてくるものがあった。

それは、もしかしたら間諜《かんちょう》としての父から受け継いだ血が騒いでいるだけなのかもしれぬ。

しかし、その好奇心には逆らえなかった。

朝は大きく一つ息を吸い、うなずいた。

「決して他言いたしませぬゆえ、ご安心くださいませ。本日、ロシェ様からうかがったのは日本の茶器の名産地についての相談だけでございます。その他のことはいっさい耳にしておりません」

「うむ。いいでしょう。私は今後、朝さんをその場雇いの通詞としてでなく、仕事仲間として扱いましょう。謝礼も今までとは比べ物にならないくらいお渡ししますし、他のフランス人にも紹介させていただきます」

ロシェはにこやかにそう言ったが、やはり目は冷たいままだ。

それでも朝が安堵《あんど》したその刹那《せつな》である。

「そのかわり、約束を破った時は許しません。フランスの全商人があなたの悪評を広め、今後あなたがしようとするどんな仕事も潰《つぶ》すでしょう。それが公平というものです。いいですね」

ロシェが眼を剝《む》いてひそやかに、しかし、鋭くそう言ったので、朝はその仏蘭西語が胸に突き刺さったように感じた。

あわてて何度もうなずく。

それを見届け、恰幅《かっぷく》の良い仏蘭西商人は茶碗《ちゃわん》に口をつけると、音もなく器用に飲み下した。

「私はこの春にフランスから日本にやってきて仕事を始めました。朝さんも知っているように、私が扱うのは日本らしい物、特にフランスの貴族や王族の人たちが大好きな日本の茶器です」

「存じ上げております。先だっての依頼では茶器の買い付けの随伴をさせていただきました」

「そうです。ほかに書画などの芸術品も取り扱いますが、茶器は私の好みでもあるものですから……それはさておき、去年末のことです。茶器をよく買ってくれる貴族のお客様が私に言ったのです。『日本は一つの国かと思っていたが、いくつもの公国があつまって、日本となっているんだね』と」

朝はなるほど、と思った。

日本は一つの国である。

しかし、たしかに、無数にある「藩」は江戸幕府の統制下にはあるが、それぞれの殿様がおさめている。

また、「出羽国《でわのくに》」や「備後国《びんごのくに》」など、地方のことを「国」と呼んだりする。

だから異国人が「日本はさまざまな国が集まってできている」と誤解してもおかしくはない。

朝が通詞をやっていて、多く問われることであった。

そのあたりのことは朝も曖昧《あいまい》だったので、父や異国語の先生から様々な教えを受けて今の理解に至っている。

通詞には語学だけではなく、そのような知見も必要なのだ。

朝が日本の藩について「国」という言葉の使われ方について話すと、ロシェは首を振った。

「私もいま朝さんが言った通りのことを話しました。でもその貴族のお客様が言ったことはそういうことではなかったのです」

するとロシェは用心深く障子を開け、廊下に誰もいないことまで確認してからさらに声をひそめた。

「その貴族のお客様の知り合いにモンブラン伯爵という方がいらっしゃいましてね。

やはり貴族で、日本にも滞在していた方ですが、その方が日本の薩摩《さつま》という国の手続きをされたと言うのです」

「薩摩藩でしょうか……いったい仏蘭西の貴族の方が何を手続きされたのですか」

「薩摩が万国博覧会に参加するための手続きです」

朝は呆気《あっけ》にとられた。

何かが違う気がする。

「……その……何かの間違いや勘違いではないのでしょうか。江戸幕府が万博に出るという話か、もしくは薩摩藩が幕府と共に出ると表明したという話がどこかでこじれて」

「私もそうではないかと高を括《くく》っていました。しかしその話を聞いたのは去年末なのです。そのお客様は万博の運営に関わっているのでたしかな情報です。しかし、私も先日までは何かの間違いだろうくらいに思っていました」

ロシェの目は血走っていた。

声はひそめているが、興奮している。

「幕府が各藩へ『パリ万博の展示に加わりたい藩は手をあげろ』と布告したと聞くまでは！　私は驚きました。おそらく、江戸幕府とは別に、薩摩がモンブラン伯爵に依頼したのです。思い出してみると、私のお客様は、薩摩が万博へ『単独参加』の手続きと言っていたような気がするのです」

万博へ「単独参加」。

つまり、「日本」ではなく「薩摩」として参加するということだろうか。

よくわからない。

「それはどういうことなのでしょうか」

「……それは良いのです。私が知りたいのは、薩摩藩は日本において一つの国なのか、それとも江戸幕府に従わされている地方なのか、それだけなのです」

だから、それは地方なのだ。

さっきロシェと話したように、藩には殿様がいて藩内で決められることもあるが、勝手は許されない。

幕府の許しがなければ自分たちの城さえ直すことはできないのだ。

だがしかし。

朝は額に手を当てた。

先ほどの会話を経てもロシェは「薩摩藩が一つの国なのかどうか」が気になっているのは何故だろうか。

そこまで考えて朝は思い当たった。

「ロシェ様、その問いに答える前にお聞きしたいことがあります」

「答えられることなら何でも」

「万博には国でないと出られないのですか？」

ロシェの目がさらに暗くなる。

そして、さらに声も低くなった。

「そうです。いや、正しくは違いますね……世界には色々な文化や歴史がありますから、『国』の形も様々です。そしてもちろん私たちの常識に合わないこともあります。だからむしろ、万博に出たところは世界中に『国』と思われるようになる、というのが正確でしょうね」

朝は背筋が冷たくなった。

まさか。

「……ひょっとして万博に『単独参加』したら、薩摩藩がひとつの『国』となってしまうのですか」

「それはわかりません。万博のような国の集まる場では様々なことが起こるのです」

ロシェは首を振った。

しかし、つまりはその見込みもあるということだ。

細かいところはわからぬが、まずい気がする。

いや、これは鬼一口だ。

自分はその入り口に立っている。

心の奥底で警鐘が鳴った。

「つまり……薩摩はこの先『国』として江戸幕府に喧嘩《けんか》を売ろうとしていて、その準備として万博に単独参加しようとしている、ということも考えられるのですか」

国としての喧嘩。

つまりは戦争である。

するとロシェはそれまでとは打って変わって柔らかな表情になった。

「それもわかりません。そのお客様の聞き違いや勘違い、私の覚え違いもあるだろうと思います。だからこそ、朝さんに聞きたいのです。私は日本に来たばかりですから、詳しい事情がわからないのです」

そうして、茶碗を口にして、音もなく茶を飲み干した。

「薩摩は幕府をどう思っているのですか？　そして幕府は薩摩をどう思っているの

でしょう？　薩摩はどのような歴史を経て今に至るのですか？　私が聞きたいのは
そこなのです」

第二章　朝、会う

朝がロシェの滞在している宿から出たのは、すでに日が暮れた後であった。
あれからロシェに黒船来航以来の日本の混乱を話した。
異国人を受けいれない攘夷《じょうい》。
世界に門戸を開く開国。
天皇を尊ぶ勤王。
幕府に与《くみ》する佐幕。
江戸幕府を打ち倒そうとする倒幕。
天皇を中心とした朝廷と幕府の協力を良しとする公武合体。
それらの主義主張が入り乱れ、藩一つの中でも派閥が生まれてまとまりがつかない。
そこへ、関《せきが》ヶ原《はら》の戦いで徳川《とくがわ》に負けた外様大名たちの無念や恨みが積み重なっている歴史も付け加えた。

薩摩藩の当主をになう島津《しまづ》氏は関ヶ原の戦いで反徳川に与《くみ》し、江戸開幕してからはさまざまな苦労を強いられてきた。

外様はいじめられてきたのだ。

薩摩は公武合体を唱えてはいたが、今となってはどう動くかは誰にもわからない。藩内でも考え方に違いがあるのだ。

なるべく手短に、わかりやすく話をするつもりが、気がつけば随分と時をかけていた。

ロシェは礼金に小判を一枚渡してきた。

「くれぐれも『良い通詞』であることを忘れてはいけませんよ」

そう釘《くぎ》をさすロシェの目はやはり暗いが、今となっては、それも仕方なし、と思えていた。

ロシェにしたところで身に危険が及ぶ話なのだ。

一蓮托生《いちれんたくしょう》、というやつである。

朝はとっぷりと日が暮れた品川宿を見渡し、右手の洋杖《ステッキ》を担ぐように右肩に当てた。外を歩く者はなかなかに少なくなっている。

澄んだ空に月が浮かんでいる。

今から蔵前《くらまえ》に戻るのはやめたほうが良いかもしれぬ。

治まりの悪くなっている昨今、無駄に危ない橋を渡ることはない。

上衣《ジャケツ》の懐にはもらったばかりの大金もおさまっている。

それになにより寒いのだ。

冷えに弱い朝は、きっと途中で動けなくなってしまうだろう。

どこか頃合いの良い宿を探して泊まったほうが良い。

そう思ったとき、向こうから誰かが歩いてきた。

急ぎ足である。

どうもこちらへ向かっているな、と訝《いぶか》しんでいたら、あっと思う間に身体をぶつけてきた。

たまらずふらついたところを横道から伸びてきた手が摑《つか》み、路地へと引き摺《ず》り込まれてしまった。

その刹那《せつな》、朝は自分の腕を摑んでいる悪党の顔めがけて洋杖を振った。

体勢が乱れているから威力はないが、牽制《けんせい》にはなる。

そのうえ運良く目に入れば相手を倒せる強手《きょうしゅ》となる。

途端、悪党はうめき声をあげて手を離し、うずくまった。

引きずりこまれた路地の入り口から逃げようとするも、ぶつかってきた男が道をふさいでいる。

逆方向にももう一人の仲間が立ちはだかっている。

朝は迷うことなく杖《つえ》を振り上げた。

標的は路地の入り口の男である。

鋭く相手の頭を横なぎに払おうとすると、握った手に衝撃が走って杖が跳ね返された。

路地が狭く、脇に立つ家屋の壁に当たったらしい。

そのわずかな隙である。

あっという間に詰め寄られ、入り口にいた男に羽交い締めにされてしまった。

洋杖の一撃に倒れていた男も立ち上がり、相手は三人である。

朝は身をひねり、むやみやたらに暴れようとしたが、逆に締め上げられるばかり。

洋杖も落としてしまい、足も地から浮いて、何も抵抗できなくなった。

絶体絶命である。

「おう、お前《め》ェは何人《なにじん》だ……いや、喋《しゃべ》んなくてもいい、どうせこっちゃあお前ェらの言葉、わからねえんだ」

路地の奥にいた悪党が低い声を出した。

こいつが三人組の頭目のようである。

そのまま朝の上衣の懐に手を入れ、財布を取り上げる。

「お、どれどれ……すげぇ入ってるじゃねえか。やっぱり異国人は金持ちだな。ん、こいつ、随分きれいな顔してやがるぜ。女だったら逆羅紗緬《ぎゃくらしゃめん》にしてやるところだが」

財布の中身を確認した悪党は野卑な声を出し、また手を朝の上着の懐に差し入れてきた。

朝は顔をしかめた。

気持ちが悪い。

その手が襯衣《シャツ》の上をまさぐり始めたのだ。

「他にも金目のもんを持ってんじゃねえか……ん？」

悪党の手が止まった。

「こりゃ……さらしか？」

その時である。

「手前ぇら何してやがるんだい？　こんな夜道でこそこそと」

その声は決して大きくはなかった。

まるで挨拶《あいさつ》がわりの世間話をするようである。

だが、胸に響いた。

人の気を惹《ひ》く声であるが、何かを企《たくら》んでいる臭いがする。

こう喋るのは、たいてい悪い奴なのだ。

朝は、否、悪党たちも皆んな振り向いた。

いや、違う。

振り向かされたのだ。

声の主は路地の入り口に立っていた。

「異国人は俺の客だ。その客相手に何やってんだい？」

月夜に現れたその姿、背は高く、撫《な》で肩の影がゆらりと佇《たたず》んでいる。

寒いというのに、着流しの肩に大きな布を引っかけ、その端を首に巻きつけているだけの装い。

頭には髷《まげ》がなく、洋人風の髪である。

それ以上は夜目には見えぬが、只者《ただもの》ではない気をまとっている。

「うるせぇぞ、引っ込んでろ」

朝の洋杖に顔を打たれた男がそう凄《すご》むのを、頭目が手でおさえた。

「待て……なんだい、若じゃねえですか」

「三助《さんすけ》か。奇遇だな」

「若こそどうしたんでさ、こんなところへ」

「なあに、たまたまだ。品川宿に泊まってる異国人と商いの話さね……ところで、その異人さんも俺の客になるかもしれねえ。放してやってくれ」

「不思議なことを言いやすね。若にも若の商いがあるように、こちらにはこちらの商いがありやすんで」

「そりゃそうだな。ならその商い、俺が買った」

若と呼ばれた新参者はそう言って、何事もないかのように歩み寄ると、懐から小判を一枚出した。

朝を囚《とら》えている男たちが揺らぐ。

しかし、三助という頭目はさすがなもので、

「その商い、乗りやしょう。しかし、小判一枚ならこの異人を引き渡すだけでさあ。異人の持ってた財布は俺らがいただいていきやすぜ」

「まずは放してやってくれ。異人さん、come on それとも viens かな」

拘束をとかれた朝は、痛む首や肩をさすろうとして驚いた。

英語と仏蘭西語である。

朝を異国人だと思っているのだろうが、この悪党たちの仲間にしては学がある。

発音も良い。

もしかしたら同業者かもしれぬ。

財布は惜しかったが、身が助かっただけでもありがたい。

もう少しで女だとばれてしまうところだったのだ。

朝は洋杖《ステッキ》を拾うと男の方へ歩いた。

恐怖を感じていたわけではなかったのに、膝《ひざ》ががくがくと震えてなかなか進めない。

それを察した男が手を取り、引き寄せると、足がふらついて抱きついてしまう。

慌てて身を離したが、男の体はあたたかかった。

「三助、稼業の邪魔をして悪かったな」

「いえ、いいんで。いい商いになりやした」

「ところで、この異人さんの財布を返してやった方がいいんじゃねえか」

「若、こちらの商いに口を出しちゃあいけませんぜ」

「いや、お前さんたちのためにさ。俺はさっきの商いは満足してるが、この異人さんの気持ちは別だ。お前ェらに財布を取られたと番屋に駆け込むのを止めることはできねえよ。お前ェの名前も知っちまったことだしな」

「……ちっ」

頭目は舌打ちをして思案に暮れたが、すぐに手下から朝の財布をもぎとって放り投げた。

「くそっ。持って行け」

「おい、まてまて」

素早く路地の奥へかけて行こうとする悪党たちを呼び止めると、今度は懐から一分銀を二つ取りだした。

「三助、忘れもんだ」

「畜生、なんだってんですかい、いったい」

「何もかんも、手間賃さあ」

「手間賃？」

「商いには儲《もう》けの他に手間賃ってのがある。すくねえが、まあこれくらいで勘弁しておけ。三人で酒でも呑《の》みねえ。そのかわり、何かの時は俺の役に立ってくれるとうれしいが……それもお前らの心一つ。好きにするといい」

「……くそっ、わかりやしたよ」

悪態とも礼ともつかぬことを口走りながら、三助が銀をもぎとると、三人は蜘蛛《くも》の子を散らすように路地の奥へと消えていった。

それを呆《ぼう》っと眺めていると、男が手招きをしているので慌てて礼を口走った。

「ありがとうございます」

「!……異人じゃねえのか」

男は面食らったようである。

「こんな見かけですが……僕には日本人の血が入っていて、江戸で暮らしています」

「なんでえ、ぜんぜん俺の客じゃねえじゃねえか」

そう言って男は呆気《あっけ》に取られていたが、そのうちに呵々《かか》大笑し始めた。

微塵《みじん》も暗さのない、からっ、とした笑い声である。

朝は驚きながらも、こういう笑い方はちょっと好きだな、と思った。

明るいところで見る男は若かった。

二十二、三といったところだろうか。
声の印象の通り、悪い奴の目をしている。

細面に目立つ、少々吊《つ》った細い目で、すう、と睨《にら》まれるのを好む女も少なくないだろう。

逆八の字に真っ直ぐな眉《まゆ》と広い額を見ると、切れ者を予感させる。

身なりは良く、青磁《せいじ》鼠《ねず》に染められた着物も随分と値が張りそうであったが、驚くのは肩にかけた大きな布である。

道すがら、男が寒がる朝の肩にかけてくれたのだが、薄くて軽いのに実に暖かい。

まるで呪術か手妻にかかったようであったのだ。

「まあ呑め、こうなった以上は酒をつきあえ」

男はそう言って朝の盃《さかずき》に酌をした。

品川宿にある小洒落《こじゃれ》た料理屋である。

外にあまり人が歩いていないのは急に寒くなったからのようで、店内は混んでいる。

人の行き来が多い品川宿とはいえ、異国人への風当たりは強い。

数年前には近くで普請中だった英吉利《イギリス》公使館が焼き討ちにあっている。

朝の姿を見て出てきた料理屋の主人は「異国もんに食わせる料理はねえ」と、いまにも手に盛った塩を投げつけてきそうであったが、男が耳打ちをすると慌てて謝ってきた。

おかげで料理屋に入れたのだが、そのような不当な扱いに慣れている朝も客たちの視線の厳しさが気になるほどであった。

それに気づいたのか、男が一番奥まったところで手招きをしていて、行ってみれば衝立《ついたて》で囲まれていて周りの客からは見えないようになっている。

小上がりに上がれば、ちりひとつなく清められていて、そこへ腰を下ろして安堵《あんど》したところに酒が運ばれてきたのだった。

流れで盃に口をつけた朝はむせた。

「なんでえ、呑めねえのか」

そう言われて朝は大きく首を振った。

嘘である。

全く呑めない。

しかし、男に金を出してもらって助けられ、しかも財布まで取り戻してもらったからには何かで報いたかった。

そうでなければ公平でない。

朝はもういちど盃に口をつけ、一気にあおった。

「おいおい、無理することはねえ。お前さん、若いんだろう？」

「……十六です」

「ひよっこじゃねえか。呑めねえなら茶でも飲んであとは飯食っとけ」

店の者を呼ぼうとする男に、朝はまた大きく首を振って徳利《とっくり》を奪った。

手酌で注いで盃をあおる。

それを見て、男がまたあの明るい笑い声を上げた。

「お前、義理立てしてるつもりか。俺の勘違いで金出したんだから気にすることはねえのによ……そんな奴は初めて見た。馬鹿だが嫌いじゃねえ」

そう言って男も盃をあおる。

朝は改めて頭を下げた。

「先ほどはありがとうございました。僕は朝と言います。先ほども言ったように日本と米利堅の混じり血です。通詞をしています。もしよろしければ……お名前をうかがえますか」

「ん……そうだな。うさぎ、だ」

「うさぎ?」

顔に似合わぬ名前である。

「そうだ。俺をよく知るものにはそう言われている。白《しろ》、と呼ぶやつもいる」

白うさぎだろうか。

いずれにしてもうさぎ、よりは呼びやすい。

「失礼ですが、白さんは何のお仕事をされているのですか」

「気になるか」

「いえ……先ほどの異国語の発音がきれいだったので」

「ふん。あんなのは毎日異国人と遊んでりゃああなるさ。そうだな……俺はお前さんの仕事と近いかもな」

「やはり通詞なのですか!」

「いや、通詞とも違うな。酔狂な異国人つかまえてちょっとした商売をしている。小さな商いだが、異国人は金を持っているからときどき驚くほどの額になる。この国でつくられた物の意匠やら形やら、異国ではやたらと人気が出てきたからな」

白はそう言って不敵に笑った。

悪い奴の笑みだ。

日本の茶器や書画が異国で人気なのは、朝も父から聞いていた。

おそらく白はそこに乗じて金儲《かねもう》けをしているのだろう。

「次はお前さんの番だ。さっき洋杖《ステッキ》を振り回してたの、あれは仏蘭西の杖術《じょうじゅつ》だろう」

「知ってるんですか」

「ほとんど知らねえ。俺の客の仏蘭西人がごろつき相手にやってるのを見たことがあるだけだ」

白の言う通り、朝は江戸に来てから仏蘭西の洋杖術を習っている。

通詞としての仕事をはじめて一人で外を出歩くようになってから、自分の身を守る必要がでてきた。

それも町の治まりが日々、乱れてきているからだ。

先生は語学も教えてくれる仏蘭西人である。

朝が洋書を読んでいる間の暇つぶしに、その仏蘭西人が洋杖を振り回している姿を見て、その動きに見惚《みと》れてしまったのだ。

最初は舞踊かと思った。

転身させ、飛びあがり、洋杖を閃《ひらめ》かす動きが華麗だったからである。

が、見ているうちに何度も洋杖を突き出し、やたらと低い姿勢をとって、それがどんどんと早くなっていく。

そして気がついた。

これは武術なのだ、と。

日本の剣術流派のように何か呼び名はあるのか、と問うと、先生は首を振った。

「私の国ではただCanne de combat 闘いのための杖《つえ》、とだけ呼ばれています。フランスでは剣を持つことが禁じられていますからね、いつも持ち歩ける杖で身を守る路上の技が発達したのです」

それを聞いた朝はその洋杖術を語学とともに習うことに決めたのだった。

そう話すと、白は感心したように口を開いた。

「俺は喧嘩《けんか》しか知らねえが、最初の一撃は良かったな」

「はじめから見ていたのですか！　それならすぐに助けてくれれば良かったのに」

「ふん。お前さんが俺の客になる異国人だったら、少し待ってから登場した方が有り難みが出るだろうと考えてな」

「ひどい！　人でなしですね」

「そう言うない。俺の商いにもならねえのにきちんと助けたんだから」

「逆でしょう。白さんの利にするために助けたら、たまたま僕が混じり血だっただけで」

　そう抗議すると白は面白そうに笑った。

「それでも結局、助けたんだからいいじゃねえか……それにしてもそんな若いのになぜ通詞なんてしてる。昨今、危ねえ仕事だ」

　そう言われて朝は返答に詰まった。

　つまりは日本人遊女の母と米利堅人の父との仲を取り持ちたい、という幼い頃の気持ちが長じてそういう形になっているだけなのだ。

「……父も通詞をしていて」

「へえ。まあ、頭良さそうだしな、この国の言葉もそこらへんの奴よりお前さんの方がきちんとしている。しかし……」

　白が朝の目をのぞきこんでくる。

　つくりは良いが、どこか危うさを感じさせる顔が急に近づいてきたので、慌てた。

　しかし、そのほのかに鼠色がかった瞳《ひとみ》にまっすぐに見つめられると、囚《とら》われたようになって動けなくなった。

　そうしてしばらく、白が何事もなかったかのように盃《さかずき》を取り上げて、はじめてその呪縛から解放されたかの如く大きく息を吐いた。

知らずのうちに呼吸まで止まっていたらしい。

「大変な思いもしているようだな」

白はまるでわかったようなことを言って酒を呑《の》んでいる。

朝はなぜかしら苛《いら》ついた。

手酌で酒をつぎ、あおる。

「おいおい、無理するねえ。倒れちまうぞ」

そう言われたので、もう一杯ついであおった。

「僕は日本と異国が仲良くできるよう、通詞をしてるんです」

そう言い放ち、口を挟ませないようにまくしたてた。

「言葉が通じないと、お互いの気持ちを確かめないと、良くないことが起きますから」

するとと白はわずかの間だけ啞然《あぜん》とし、すぐに笑い出した。

悪い奴の笑い方だった。

「なにがおかしいんですか」

「……いや、あまりにお前さんの頭の中が天晴《あっぱ》れだからさ」

「馬鹿にしないでください」

朝はぴしゃりと言った。

本気なのだ。

するとは白はまた酒を呑み、暗い目になった。

「お互いのことがわからないから良くないことがおきる、って戯言《ざれごと》を本気で言ってんのは天晴れだろうに」

「違うんですか」

「ああ、違うね。たとえば人殺しなんてのは良くないことだろうさ。しかし、そりゃお互いのことがわからないからやるんじゃねえ。たいてい金のためさね」

「お金のため……」

「そうさ。人殺しの果てが戦争や侵略だろう。それも金のためさ。皆んな、いい生活がしたい。そのためには働かなけりゃならねえ。働くってことはひいては国を富ますことにつながる。国が金持ちになれば自分たちはより豊かになる。その先はどこへ向かう？　決まってらあ。戦争をして他の国を侵略し、金品をむしってくる。奴隷にする。それ以外に何があるんだ」

朝は黙った。

白の言うことは合っているように思えた。

日本に来ている異国人の頭にそういう思いが渦巻いていることは否定できない。

朝はそれを知っているのだ。

しかし、心の奥底から、それは違う、という囁《ささや》きが響いてくる。

朝は景気をつけるようにまた酒をあおると、声を上げた。

「……そういうこともあるのは事実です。しかし、人というものはそれだけではありません。人と人をつなぐ仕事をしているのにそれを信じぬのならば、いったいどうするのですか」

「皆《み》んながお前みたいには考えねえことを知っておけ。ほとんどは金のため、自分のために生きてんだ。そんな甘い考えに耳を貸しゃしねえよ。口で言うようにはうまくはいかねえのが世の中ってもんさ」

「そこをうまく運ぶのが僕の仕事です」

「その良く回る舌でまずはしっかり金を稼ぎやがれ。でねえとご高説を垂れても誰にも相手にされねえぜ。俺がお前さんの歳《とし》くらいの時には千両万両の商いをするために英語だの阿蘭陀語だの喋《しゃべ》ってたんだ。物事の良し悪しよりも、結局は金なんだよ。金が人を動かし、不都合をなくす。国を動かすくれえの商いができりゃ、それこそ戦争を、人殺しを止められるぜ」

「その商いのせいで戦さがおきるのでしょう！」

「さっきは俺の出した金で商いしたから、お前さんが助かったんだぜ」

「そんな風に言うなら助けないで良かったんです！　いつ僕が助けてくれと言いましたか！」

朝は勢いがついて立ち上がった。

途端に、ぐらり、と目がまわり、見えるものが皆んな、崩れ落ちた。

次の刹那《せつな》、顔を壁に押し付けているようだ、と思ったがどうやら違うらしい。

畳の目が見える。

どうやら倒れてしまったようだ。

「おい、大丈夫か……ったく、言わんこっちゃねえな。おい、悪いが水を持ってきてやってくれねえか」

どこかで白の声がする。

ふわふわとして心地が良い。

自分の輪郭が溶けてしまったようである。

皆んなでこうやって溶けてしまえば良いのに。

そうすれば悪いことも起きないから。

朝が目を覚ますと知らない天井が見えた。
ここは、どこだ。
知らないうちに上等な布団で寝ている。
なぜか腰が痛い。
脚の根本や尻《しり》も痛いような気がする。
昨夜の憶《おぼ》えがまだらである。
白に助けてもらい、酒を呑みに行ったことは覚えている。
自らを「白うさぎ」と名のる男。
不思議な、悪い奴。
人よりも金を信じていて、だからこそ世の中を見透かしている人。
混じり気のない明るさを持ちながら、昏《くら》い世の闇を見据えている男。
少なくとも、朝はあのような者に会ったことはなかった。
起きあがろうとして、左手が何かに触れた。
何かと思って見やって、どきりとした。
人の顔だ。

しかもこの綺麗《きれい》な寝顔は、白である。

なぜ隣に寝ているのだろうか。

途端、朝ははたと思い至った。

「ああっ……」

思わず声が出て、その拍子にひどい頭痛に襲われた。

まるで釘《くぎ》を打たれたかのようで、起き上がることもできずに頭を抱える。

「……まだ暗いうちになんの騒ぎだ……ああ、目を覚ましたか」

白は布団の中でもぞもぞと身じろぎをした。

「どうした。気分が悪いか」

「……頭が、痛い」

「呑めねえのに無理するからだ」

白が何事もないようにそう言うので、朝は怒りを感じた。

足腰が妙なのは寝ている間に変なことをされたからに違いない。

それなのに悪びれもしない。

「……あなたは酒を呑んで前後不覚になった私をどうしたんですか！」

「おいおい、どうしたってんだ。お前さんがしてくれと言うから」

「私はそんなこと言ってない！」

「言ったさ。俺は嫌だと言ったんだぜ」

「酒に乗じてそんなことを……卑怯《ひきょう》ですよ」

朝は悔しかった。

悪い奴とは思ったが、心のうちを正直に話しあえる男だと思っていたからだ。

裏切られた。

朝は男を知らなかったというのに。

「卑怯たあ人聞き悪いな。酒に乗じたのはお前さんじゃあねえか」

「そこまで人のせいにするのですか」

「人のせいったってよう、酔い潰《つぶ》れてからまだ呑《の》むと言って聞かずに徳利《とっくり》二本あけたうえ、俺の宿に泊まる、と騒いだのはお前さんだぜ」

「え？」

面倒そうな白の言いようを聞いて、朝は我に返った。

慌ててかぶっていた掛け布団をめくると、襯衣《シャツ》や下穿《したば》きどころか、臙脂《えんじ》色《いろ》の上着や首巻きまで身につけたまま寝ている。

どうやら嘘ではなさそうである。

でもこの足腰の妙な痛みは、いったい。

「しかもまともに歩けもしねえのに、肩を貸してやろうとしたら『一人で歩ける』とむきになったのもお前さんだ。料理屋から出るだけで大変だったのに、外に出たらやたらと飛びはねたりしやがって……なんども尻餅《しりもち》ついてたから心配したんだぜ」

「ええ！」

これは尻餅の痛みか。

しかも自業自得の。

「道すがら、遅くまで客とってる旅籠《はたご》があったから泊まれるよう都合してやるって言ったのに、『白さんの部屋がいい、ここまで心を開いて話したのだからそれくらいいいだろう』と滅茶苦茶なこと言ってこの宿の小僧を叩《たた》き起こして布団をしかせたのもお前さんだ」

「ええ！」

「布団しかせたらしかせたで寝転んであっという間に寝入っちまったうえにいびきがひどかったから俺はさっきまで眠れなかったんだ」

「えええ！」

なんということだろう。

恥ずかしい。

恥ずかしくてたまらない。

よりによって。

「……すみません」

「あ？　いや、気にすることたあねえ。若いっていうのはそういうもんだろう。しかし、これからは気をつけたほうがいいぜ。お前さんは見目がやたらといいからな。俺が衆道の気がなかったからいいが」

その言葉を聞いて朝は、どきり、とした。

白は朝を男だと思っているのだ。

当たり前である。

男装しているのだから。

そんな朝の動揺など露しらず、白は寝返りを打ってあちらを向いてしまった。

「俺はもう寝るぜ」

「……昨日のお礼と、料理屋の代金を」

さらに、朝は酔いに任せて白が自分を救ってくれたことについて「助けてくれなくて良かった」とか「頼んでもいないのに」などと口走ったことを思い出した。

それも謝らなければ。

「いらねえよ。金をもらうより稼ぐことのが性に合ってんだ。次に会った時に酒をおごってくれりゃそれでいい。俺はいつもは横浜にいるから、気が向いたら来てくれよ。他にゃ変な義理立ては無用だ。いい頃合いで帰ってくんな」

「そんな……」

朝は困惑したが、白はもうぴくりとも動かない。

眠ってしまったのだろう。

謝ることはできなかったが仕方がない。

朝は一つ息をついて、布団の上でお辞儀をすると静かに立ちあがろうとした。

その時である。

白が、くるり、とこちらを向いて手を差し出し、朝の膝《ひざ》を触った。

「うわあ」

くすぐったくて声が出てしまった。

が、不思議に嫌ではない。

「昨晩の話だがな……お前さんの言うことは甘すぎて腹が立った」

そう囁《ささや》くような声を出す。

眠いのをおして言うほどなのか。

「甘すぎますか」

「ああ、甘い甘い。大甘だ」

白が顔をしかめる。

朝はうつむいた。

自分の考えは世間では、そして世界では通用しないのだろうか。

「……だがな、ああいうのが必要だとも思う」

思いもよらない言葉に、朝は顔を上げた。

白はまっすぐこちらを見ていた。

が、すぐに目をそらされた。

「勘違いするな、俺は俺だ。自分の道がある。しかし、お前さんは違う。通詞だろう。通詞には通詞の理ってもんがあるんだろうさ。もしかしたらこれからの時代にはそういうのも必要かもしれねえ、って思っただけさ」

白は寝返りを打ってまたあちらへ向いてしまった。

そうしてまた微動だにしなくなった。

「……白さん」
朝の呼びかけにも応《こた》えず、良く見れば深く寝息を立てている。
今度こそ眠ってしまったのだろう。
結局、謝れなかった。
朝はまた息を吐くと、身を起こして鏡台に向かった。
身だしなみを整えてから宿をたとう。
そう思って髪を撫《な》で付けていて気がついた。
鏡の中の己が嬉《うれ》しそうに微笑んでいるのを。

第三章　朝、うつむく

品川宿から蔵前の墨長屋敷にもどると、騒動が起きていた。

「だからもう韋駄天《いだてん》ではないと何度言ったらわかるのだ！」

誰かが大声をあげている。

韋駄天とはやたらと足の速いあの神様のことだろうか。

そう思いながら廊下から居間をのぞくと、声を高くしているのは朝の手仕事の師匠、黒瀬感九郎であった。

脇に置いた大きな風呂敷包《ふろしきづつ》みを開くこともなく、この屋敷の同居人の女、小霧と喧嘩《けんか》をしている。

小霧は長い髪を結いもせずに蓬髪《ほうはつ》とさせ、墨色の長半纏《ながばんてん》を雑に羽織るいつもの恰《かっ》好《こう》だ。

小柄ではあるが、身だしなみを整えればひとかどの美人に数えられようという容《よう》さらに江戸で当代随一の人気を誇る謎の戯作者、乱津可不可《らんつかふか》の正体というのだから実にもったいない。

たしかに話してみると、その頭のきれは右に出る者がいないほどである。

その小霧がにやけまじりに口を開いた。

「貴様がいくらそう言ったって肝心の真魚はまだ思っているかも知れねえぜ。『感九郎様は優しい旦那《だんな》さまですが、韋駄天茄子《なす》なのが玉に瑕《きず》』ってよお」

「真魚はそんなことは言わん！」

感九郎は顔を真っ赤にして怒り始めてしまった。

小霧の口汚さは相当なものであるが、それは感九郎も慣れているはずである。

いったいなんでそんなに怒っているのだろうか。

「あの……なんですか韋駄天茄子って」

そう言いながら居間に足を踏み入れると、感九郎がやっとこちらを向いた。

「朝か……むう、なんでもない。コキリ、とにかく今日からしばらく世話になりたい。私は御前のところへ挨拶《あいさつ》に行くぞ」

御前はこの墨長屋敷の女主人である。

「ままって。貴様にはまだ伝えてなかったが、御前は前にも増して多忙になっちまったんだ。いまこの屋敷を預かっているのはおれ様だぜ」

「な……」

感九郎が唖然《あぜん》としながらこちらを見てくるので朝はうなずいた。

確かにそうなのである。

「さあ、この屋敷に逗留《とうりゅう》してえんだろう？　ならおれの言うことを聞かねえとなあ、韋駄天茄子殿」

また韋駄天茄子である。

怪訝《けげん》にしていると、コキリがこちらを向いていかにも楽しそうな顔をした。

「朝、真魚は知ってるな」

「はい。師匠の奥方ですね」

大魚問屋「魚吉」の若女将《わかおかみ》、真魚はまっすぐな気性の優しい人である。

なぜか性質の違う小霧とうまが合うようで、時々、二人で会って茶を飲みながら話をするほどらしい。

「その真魚に旦那評を聞いたことはあるか」

「いえ」

「いけねえなあ。師匠が奥方からどう思われているかくらい弟子は知っていねえと」

適当なことを言っている。

しかし、興味はある。

朝が腰を下ろすと、感九郎が苦々しげに口を開いた。

「朝、小霧の話を聞くとせっかくの良い頭が悪くなる。部屋に戻っていたほうがいい」

「お、貴様も言うようになったな。父親の威厳ってやつか、しゃらくせえ……いいか、朝、真魚に旦那評を聞いてみたら『感九郎さまはとても優しくて父母のこと店のこともよく考えてくださる素晴らしい旦那様です』ときたもんだ」

たしかに真魚が言いそうなことである。

そして感九郎は、弟子の朝から見ても少々頼りないところはあるものの、たしかに深慮遠謀がきくのだ。

「さすがじゃないですか、師匠」

朝がそう言ってもなぜか感九郎は腕を組んでそっぽを向いている。

そこへ小霧がいかにも楽しそうに話を続けた。

「だよなあ。しかし、人ってのは表もありゃ裏もあるからな、さらにしつこく聞いたんだ。何度もな。そしたら真魚が恥ずかしそうに言うんだぜ。『感九郎さまは、その……夜のことが早いのが玉に瑕で』とよ」

「夜のこと？」

「朝よう、男と女が夜することといったら決まってんだろ。そこで俺様が『韋駄天茄子』という御尊名をつけてやったんだ。韋駄天っていやあ神様だぞ、神様。感謝しやがれ」

韋駄天。

茄子。

そういう意味か。

途端、顔に血が上る。

そういうことがなかったとはいえ、前夜に白と一夜を過ごしたのを思い出したのだ。

しかし、感九郎もコキリもそんな朝に気づきもしない。

とうとう我慢がならなくなったのか、感九郎が立ち上がった。

「だからもう韋駄天茄子ではないと言っただろう。ジュノに言われて水垢離《みずごり》をしたら治ったのだ！」

「治るわけねえだろ、そんなことで。あの肉達磨の嘘八百、口八丁に騙《だま》されてんじゃねえ。あいつは人を騙すのが仕事なんだからよ。ちょろいんだ、貴様は」

その喧々囂々《けんけんごうごう》のさなか、厨《くりや》へつながる襖《ふすま》が開いて大きな盆を持った巨軀《きょく》の男があらわれた。

寿之丞である。

「嘘ではないぞ。水をかぶれば気がめぐり、色事に強くなるのだ」

良く通る低い声でそう言いながら膳《ぜん》の準備を始めた。

まだ昼日中というのに徳利《とっくり》と酒盃《しゅはい》もある。

前日の酒がまだ残っている朝は徳利を見て気分が悪くなった。

「おお、朝も帰ったか。昨日は戻らぬから少々心配したのだぞ……コキリよ。それがしは人を騙しているわけではないぞ。あれはあくまで座敷芸。夢を見せておるのだ」

「けっ、なにが夢だ。しゃらくせえ。手前《てめ》ぇの手妻や奇術くれえ怪しい技はねえぞ」

コキリはそう言って早くも酒を呑《の》み始めてしまった。

寿之丞は座敷に呼ばれて芸を見せる手妻師である。

それも凄腕《すごうで》で、見た者はまるで夢か幻を見たような気になるのだ。

あるとき寿之丞が手慣らしをしているのに居合わせ、一分銀を渡されたことがある。

握っていろというからそうしていたが、一呼吸おいて今度は手を開けてみろという。

すると、先ほどまでたしかにあったはずの一分銀が影も形もない。

握っている感覚もあったから驚いて手のひらを眺めていると、こんどは下を向けと言われたのでそうすると、頭の上から、ぽとり、と畳に落ちるものがある。

見れば一分銀で、ただただ唖然となった。

そういう手妻芸も見事ならば、大がかりな奇術芸も得意なので、人を「騙す」と言われても間違いではない。

「いずれにしてもだ、久しぶりにクロウがこの屋敷に戻ってきて久闊《きゅうかつ》を叙しているのだ。韋駄天《いだてん》だの茄子だのの話ばかりするものではない。朝もいるのだから、もうすこし品のある話をしないとのう」

朝は安心した。

寿之丞は異装、異形の風体ではあるが、コキリより幾分かまともなのだ。

それに、感九郎が「クロウ」と呼ばれていることにも懐かしいような、嬉《うれ》しいような感を覚えた。

この四人が一堂に会するのは本当に久しぶりなのである。

「おい、肉達磨。貴様ほど言ってることとやってること違うやつはいねえぞ。なんだこの肴《さかな》は。蛸《たこ》の桜煮、泥鰌《どじょう》の柳川、山芋のすった奴。全部、精をつける食いもんじゃねえか。こんなん、くさしてるのと一緒だぜ」

「なにを言うか！　それがしはクロウから相談された流れで責を感じてこうしておるのだ。お主みたいに笑い物にしておるわけではないわい」

と、こんどは寿之丞とコキリで喧嘩《けんか》を始めた。

見かねた感九郎が「二人とも、私のために喧嘩するのはやめてください」と止めに入っているのが妙に馬鹿馬鹿しい。

朝がつい声を出して笑ってしまったその時である。

玄関で訪《おとな》いの声がした。

三人が言い争いに余念がなく、気がつかない様子なので朝が玄関に向かうと、若い男がいて文を渡された。

「心付けはたっぷりもらってますんで」と言い残して足早に去る男を見送り、文を見返すと差出人は御前である。

居間に戻って伝えると、騒がしかったのが一転して静かになり、コキリが手を出してきたので渡した。

そのまま乱雑に文を開いて一読するのを寿之丞と感九郎がのぞきこんでいる。

そのうちにコキリが鋭い声を上げげた。

「野郎ども、座んな」

その掛け声一閃、寿之丞も、そして感九郎までもが腰を下ろす。

「どうしたんですか？」

怪訝《けげん》に思った朝がそう問うと、コキリは墨色の長半纏《ながばんてん》の襟を正した。

その顔に浮かんでいるのは不敵な笑みである。

「朝も聞いておけ……『仕組み』の依頼だ」

「仕組み」とはこの屋敷の住人がたずさわる「裏」の仕事だ。

城中におわす将軍様の血縁から江戸八百八町の裏道まで、さまざまなつながりを持つ墨長屋敷の女主人、御前こと墨《すみ》がどこからともなく受けてくる依頼を持ってくるのが常である。

「仕組み」の相手はこの国の北から南まで、数多《あまた》の悪党を束ねる組織「一目連《いちもくれん》」の不届き者たち。

そいつらを殺しはせぬが、芝居仕立ての企《たく》みで、奴らの悪事を片端から潰《つぶ》すのが「仕組み」の使命であった。

本来であれば御前が指揮をとり、コキリが考えた筋立てをもとに、寿之丞の手妻や感九郎の手仕事の技で悪党たちを騙すという算段ではあるが、今は肝心の御前がいない。

かわりに頭目をつとめるコキリが開口一番、高らかに宣言した。

「よし、貴様らはとりあえず御前代行の俺の言うことを聞け」

途端、寿之丞が抗議の声を上げた。

「待て待て。それがしは御前に、コキリが好き勝手やるのを止めるよう頼まれたぞ」

「そんなことはねえはずだ。御前は俺に『存分にやってくんなまし』と言ってたんだ。とりあえず呼び名を改めるぞ。クロウ、貴様は今日から『韋駄天茄子《なす》』だ！」

またそれか。

さすがに朝も呆《あき》れたが、感九郎はもう諦《あきら》めたのか意外に冷静な声を上げた。

「さておき、朝に『仕組み』の話をしてしまってよいのか」

そう言って主張の激しい眉《まゆ》を八の字にしている。

コキリと寿之丞は互いに顔を見合わせた。

妙な間があいて誰もしゃべらぬ。

仕方がないので朝が口を開いた。

「師匠。僭越《せんえつ》ながら僕も『仕組み』に協力させていただいておりますよ」

「なんだって！」

「通詞役で何度か参加させていただきました。師匠からも僕の語学力を推薦いただいたと聞いていましたが」

「！……ジュノ、コキリ、朝を『仕組み』に巻き込まないでくれと頼んだではないか」

途端、感九郎が声を高くすると、寿之丞とコキリが珍しく慌てるそぶりである。

「いや、最近、妙に異国人がからむ悪事への『仕組み』が多くてのう。才のある朝についい頼んでしまったのだ」

「朝は若いからよう。これから通詞としてやっていくために経験ってやつが必要だぜ、きっと」

「私の時もなんだかんだと言って巻き込んだではないか。御前にもしっかりと頼んだのに……嗚呼《ああ》」

感九郎ががっくりとうなだれた。

その御前も随分前に墨長屋敷からいなくなっていたのだ。

あまりに感九郎が気を落としているので、朝は再び話しかけた。

「あの、師匠。無理やり参加させられたのではなく、僕も望んでのことですので」

「しかし……お主も心中複雑ではないのか」

感九郎が声を落とした。

父のことを言っているのだろう。

米利堅の間諜《かんちょう》もつとめる朝の父ロジャーは様々な経緯の末、悪党組織「一目連」を買取ってその持ち主となり、本人曰《いわ》く「owner《オーナー》」となっている。

感九郎もそれを知っていて、かつ墨長屋敷の面々にその事を知らせてくれた。

そうすれば朝を「仕組み」に巻き込むことはないと考えたらしい。

「僕も最初は気にしたのですが、師匠もすすめてくれていると聞いたうえ、その……

…」

朝はそう言って寿之丞とコキリの方を見た。

寿之丞はそっぽを向いているし、コキリは酒を呑《の》みはじめていた。

「お二人が『気にすることはない、朝が『墨長屋敷』の人質になっているという考えもある』と」

途端に感九郎が声を荒らげた。

「コキリ！　ジュノ！　朝をそのように扱うなと念を押しただろう」

「貴様はそう言っていたがよ、朝がその方が気楽じゃねえかと思ったんだよ」

「そうなのだ。朝は頭が良いから、それくらい言わねば気遣いが勝ってしまうのだ」

「何を言っているのだ。ただでさえ朝はつらい立場なのだぞ」

混じり血のことを言っているのだろう。

感九郎は朝のことを心配してくれているのだ。

だが。

朝は感九郎の前に出た。

「師匠……『仕組み』に参加したいと言ったのは、僕なのです」

「朝……」

「僕にはいろいろなことがわかりません。父は米利堅にとって必要なことをしています。しかし、それがこの国にとって良くないことになっているようです。そうするといったい父は何者なのでしょう。善人なのでしょうか。それとも悪人なのでしょうか」

朝は目を落とした。

自分の身に日本と米利堅の血の両方が流れているからこそ、そんなことを考えるのかもしれない。

日本人なのか、米利堅人なのか。

自分は何者なのか、それを知りたい。

心の奥底ではそう思っているのかもしれぬ。

だからこそ女なのに男の恰好《かっこう》をしているのかもしれぬ。

そう思えば昨日の朝、寿之丞に言われたことそのままである。

「僕がそれを知るには通詞の仕事を積み重ね、この国と異国、日本人と異国人のそれぞれの事情をわかっていくしかないと思っています。それには少しでもたくさん、通詞の仕事をしたいのです。でも僕みたいな若い混じり血の者に、なかなか仕事はやってきませんでした。それを見かねたジュノさんとコキリさんが『仕組み』に誘ってくれたのです」

面白いもので、「仕組み」に参加してからだんだんと通詞の仕事が入ってくるようになった。

おかげで少しは名が売れて、口入屋からも依頼されるようになったのだ。仕事というのはつながっていくのである。

朝がそう話してしばらく、誰も口を開かぬ。

そのうちに、ぽつりと感九郎が呟《つぶや》いた。

「すまなかったな」

「いえ、師匠が謝ることではないのです」

「いや、違うのだ。私が忙しさにかまけて朝がそういう悩みを抱えているとはわからなかったのだ。前にそんな話をされた時も、口入屋を紹介してすませてしまった覚えがある」

途端、コキリが「そうだ、貴様は無責任なんだ」と騒ぎ始めると、朝はそれに首を振った。

「いえ、神田の口入屋さんをご紹介いただいたのはとても助かっていて、今はほとんどの仕事をあそこで仲介していただいているのです」

「むう……いずれにしても朝がそう言うならば仕方がない。しかし、ジュノ、コキリ、朝を危うい目に遭わしてくれるなよ」

感九郎が珍しく圧《お》しの強い様子だからだろうか、寿之丞とコキリが何度もうなずいている。

しかし、そんなことでこたえる二人ではない。

寿之丞はその通りその通り、などといいながらさっそく酒を呑みはじめているし、コキリは感九郎の責め言葉から逃げるようにまた文を開いている。

「わかったわかった……さあ、さっそく依頼の中身を話すぜ。ええと、おお、来年、巴里で開かれる万国博覧会がらみだとよ」

朝は、おや、と思った。

昨日、品川宿で仏蘭西商人ロシェからいささか剣呑《けんのん》な話を聞いたばかりである。

「なんだあ？　おいおい、『一目連』が薩摩とくっついたらしいぜ」

「ええ！」

朝は声をあげてしまった。

コキリ、ジュノ、感九郎の三人ともにこちらを見る。

「どうした、朝」

感九郎にそう聞かれたが、ロシェとの約束もあって聞いた話を伝えるわけにもいかぬ。

「……すいません。薩摩芋が好きなもので、薩摩が悪事に加担するとなると食べられなくなるのでは、と」

苦し紛れにそう言いながら、まずい、と思った。

こんな言い訳は通用しない。

ところが、コキリは「ありゃ美味《うめ》えからな」とうなずいた。

寿之丞にいたっては、

「たしかに甘藷《かんしょ》は薩摩から広まったが、いまとなっては各地でとれるようになっておるから心配いらぬぞ」

などと元気づけてくる。

「ああ、それなら安心です……」

朝は困惑しながらそう応《こた》えた。

寿之丞やコキリは相当に頭の回転が早い方であるが、時々、このように間が抜けていることもある。

それに、すでに二人には酒が入っているのだ。

寿之丞が盃《さかずき》を傾けながら話を戻した。

「コキリよ、それで薩摩と『一目連』が何を企《たくら》んでおるのだ」

「ああ、詳しいことは分からねえらしいが……万国博覧会に参加する幕府にあやをつけるんじゃねえか、と御前は先を読んでいる」

「あやをつける？　いったいどうやるのかのう」

「だからそれがわからねえんだとよ。ただ、動きがやたらと不穏みたいだ。つまりはそれを探りながら、薩摩や『一目連』の企みを潰《つぶ》せ、ってことらしい」

皆《み》んなの話を聞きながら、朝は心の臓が縮み上がるのを感じた。

それを自分は知っている。

ロシェから聞いたことがこの話につながっている。

鬼一口だ。

「朝、顔が真っ青だぞ。大丈夫か」

感九郎が声をかけてくるので、はい、とだけ応える。

コキリもこちらを見やったが、すぐに文へ戻った。

「まあ、薩摩芋は関係なさそうだから安心しろ……ええと、それでどうすりゃいいんだ。ああ、これか……へえ、面白《おもしれ》えじゃねえか。おい、もしかしたら俺らは御前試合に出るかもしれねえぞ」

「御前試合？　将軍様の前で剣だの槍《やり》だので試合をするあの御前試合か」

「そうだ」

「とはいっても家茂《いえもち》様がお亡くなりになってから、次のお方が決まってないだろう」

先の将軍、徳川家茂が病で薨去《こうきょ》してから、後継として推された凸橋慶喜《とつばしよしのぶ》は固辞し続けているらしい。

将軍が不在なのである。

「知らねえよ。城のお偉方の前でやるってことだろう」

「まあそうなるかのう。しかし、なんでそれがしたちが」

「どうもな、来年、幕府が巴里の万国博覧会に参加するってんで、いろいろ道具やら書画やら集めてるらしい。まあ博覧会なんて立派な名をつけてるが、やってることあ国の自慢大会だからな。見栄を張れる物を集めてえってところだろうぜ」

「身も蓋《ふた》もないのう」

「ふん。体裁よくしてるだけで、皮一枚はぎゃそんなもんさ。面白え物、綺麗《きれい》な物、凄《すげ》え物つくれる国と商いした方がいいからな」

それはそうなのだ。

コキリは大勢の読み手を相手にする戯作者をやっているせいか、世の中の見方が白と似ているのかもしれぬ。

しばらく黙っていた感九郎が口を開いた。

「それはそうだが、それと御前試合と、どう関係があるのだ」

「それが面白え話でよ、幕府は万博に出して自慢するための茶器や書画を集めて準備してきてるみてえなんだが、ここにきて増やしてえみたいだな。ええと、今日からちょうどひと月あとだな、道具や書画を集めて品定めする『ものづくり御前試合』をやるみてえなんだ。参加枠を御前がとったとよ」

「ものづくり御前試合？『ものづくり』とはけったいなお題だのう」

「確かにな……ああ、幕府方もしかたなくそう名付けたんだと。書画や茶器、服も刀もすべてひっくるめた物品のなかから、将軍様をはじめお偉方たちが選ぶらしい。困った挙句にこの名前にしたんだと」

「その『ものづくり御前試合』に薩摩藩が出るのかのう」

「いや、それが違うらしい……出てくるのは薩摩藩と『一目連』の息がかかった奴みたいだぜ。佐賀の唐物屋《とうぶつや》で『菟田屋《とだや》』とかいう奴だってよ」

「あの『菟田屋』……菟田砂峰《さほう》ですか！」

思わず、また朝は声を出してしまった。

今日は驚くことが多い。

朝が横浜の関内《かんない》、いわゆる外国人居住区で暮らしていた時から「菟田屋」の名前はよく聞いていた。

西方では由緒ある名店で、佐賀で舶来の品を取り扱う、いわゆる唐物屋として名を馳《は》せている。

菟田砂峰はその「菟田屋」現当主である。

「朝は知っとるようだのう」

寿之丞が目を細める。

「横浜に住んでいた時に、菟田砂峰がわざわざ佐賀から父に書画を売りに、僕の家までやって来たことがあります」

「『菟田屋』に会ったことあるのか！　でかした、朝！　これで面が割れたぜ。どんな奴なんだ」

コキリが身を乗り出した。

確かに「仕組み」を仕掛ける相手の顔がわかるのはずいぶん違うのだろう。

「その時に四十半ばに見えましたから、いまは五十がらみでしょうか。洒脱《しゃだつ》な恰好《かっこう》をした、目力のある芯《しん》の太くて勝負強そうな男でしたよ」

佐賀は出島《でじま》のある長崎に近く、異国からの話や物品が入ってきやすい。

主家の鍋島《なべしま》氏が西洋の習慣や文物をとりいれてきたせいか、異国といざこざもおこさず、うまくやっている印象である。

その佐賀で有名な唐物屋の主人であるから恰好が洒落《しやれ》ているのは当たり前ではあるのだが、洋装に納戸色の長羽織を羽織り、洋帽をかぶったその姿は印象深かった。

丁寧な物言いだったが、何でも見透かすような鋭い吊《つ》り目をしていたのを覚えている。

「結局、父は薩摩切子をいくつか買っていましたが、たしかに扱う物は良かったと思います」

「いやあ、助かったぜ。文によると、『苑田屋』は佐賀にしか店を出しておらず、江戸では異国人相手の商いしかしないようだから、さすがの御前も調べをつけにくいらしいんだよ。お手柄だぜ、朝」

コキリはずいぶんと喜んでいる。

逆に、感九郎は眉間《みけん》にしわを寄せて腕組みをしてしまった。

「それはよかったが……コキリよ。その『ものづくり御前試合』に出るとして、その苑田砂峰をどうするのだ」

「そりゃ決まってんだろ。やっつけるのさ」

「だからどうやってだ」

「んん？　そりゃよお、『菟田屋』が腰抜かすような品を……」

「どうやって用意するのだ。向こうは百戦錬磨の唐物屋だぞ。品物を見る目、異国の好み、手に入れるための人脈、すべてが一流ではないのか。それを上回るものを手に入れることは早々、できないだろう」

「まあ、そうだよなあ。なら韋駄天茄子《いだてんなす》、貴様の……」

「韋駄天茄子ではない」

「なんだよ、面倒言いやがるな。いいだろ、呼び名くれえ。とにかく貴様の手仕事でちょちょっと……」

「先方は歴史を積み重ねた古い物品や、名のある職人のものを揃えてくるに違いない。私の手仕事でできる物品では太刀打ちできないのもわからぬのか……コキリ、精彩を欠くにも甚だしいぞ。どうしたのだ」

「ふん。なんでもねえよ。今日はここまでだ」

　コキリは不貞腐れたようにそう言うと、立ち上がって部屋を出ていってしまった。

「コキリ、どこへ行くのだ」

廊下の方から「風呂屋《ふろや》だ風呂屋」という声が聞こえ、そのまま玄関の戸の音がした。

感九郎が怪訝《けげん》な顔をしてこちらを見るので、朝は困ってしまった。

挙句に寿之丞が自慢の髷《まげ》を整えながらひと唸《うな》りする。

「むう。朝は知っておるよな」

「はい。だいたいは」

二人がそう言葉を交わすのに、感九郎は目を、ぱちくり、とさせている。

「どうしたのだ、いったい」

「いや……それがしから伝えていいものか分からぬのだがな」

そう言って、酒を手酌で注いで呑《の》み干した。

「コキリは、恋をしているのだ」

墨長屋敷の生活に感九郎が加わった途端、新たな「仕組み」の依頼が来たわけだが、その要《かなめ》となる筋書きを立てる小霧がその有様である。

それから十日経っても半月経っても目処が立たず、感九郎が呆《あき》れ果てたように声を上げた。

「いったい誰に恋をしたと言うのだ」

いつもより帰りが早く、朝や寿之丞と顔を合わせた夕餉《ゆうげ》の時分である。

曰《いわ》く、ここまで小霧が鈍《なま》っているのは見たことがないらしい。

心配している節さえあるので、出過ぎた真似と思いながらも朝は口を開いた。

「それが、髪結いの人らしいのです」

「髪結い？　コキリは髪を結いなどしないだろうに」

「それが、少し前の『仕組み』でコキリさんが芸者に扮《ふん》するため、髪を結う必要がありまして」

「仕組み」は芝居仕立ての筋書きで悪党どもをだますやり方が多いので、服装や髪を工夫して、さまざまな変装をすることがある。

「髪結いや服の仕立ては決まった者に頼んでいたと思ったが」

「あの時はいつもの髪結いがどうしても都合がつかなくてな、信頼できる者を紹介してもらったのだ」

寿之丞はいつものように微塵《みじん》とも動ぜぬ低い声である。

「そういういきさつか……しかし、あのコキリがなあ」

「ふむ、クロウは知らぬかもしれぬが、彼奴《きゃつ》は恋多き女なのだ」

「そうなのか。私はちっとも」

「お主がこの屋敷にいた時期は短いからのう。ああ見えて面食いでな、好みの顔をした男を見るとすぐに惚《ほ》れてしまう。また彼奴は彼奴でがさつなところを隠せば見てくれは悪くないからのう」

確かに寿之丞の言う通りなのだ。

髪を結わずに蓬髪《ほうはつ》とさせ、いつも同じ長半纏《ながばんてん》を羽織っているからわかりにくいが、朝から見ても小霧の顔はよく整っている。

いわゆる、美人のたぐいのつくりをしているのだ。

感九郎は寿之丞に飯をよそってもらった茶碗《ちゃわん》を受け取りながら、眉根《まゆね》を寄せた。

「それで、首尾はどうなのだ？」

「うむ？　ああ、『仕組み』の筋立ては全く手付かずらしい」

寿之丞がつまらなそうに言うのへ、感九郎が首を振った。

「いや、違う。コキリの恋の方だ」

「あれ、師匠。そう言う話がお好きだったのですか」

朝はつい声をあげてしまった。

意外なのである。

感九郎は男女のことにあまり関心がなさそうに思えていたのだ。

「いや、他人の恋を腐そうと思っているわけではないが、あのコキリが恋をするというのはいささか気になってな。真魚は知っているのだろうか。女子同士だと話すことも違うだろうからな。今度あったら聞いてみよう」

結局、面白がっている。

膳《ぜん》の支度をすべて終えた寿之丞がさっそく味噌汁《みそしる》を飲み始めた。

「……それがな、相手の髪結いにかまをかけたらしい」

「そうなのか。それでどうだったのだ」

「いや、それがどうやらふられたようなのだ。相手はえらい色男なのだが『女に興味はない』と言われたそうだ。コキリはまだ諦《あきら》めきれぬようで色々策を講じているらしいが、浮かぬ顔をしているところを見れば、おそらく失敗しているようだのう」

「なんと！　それはかわいそうだな……しかし、ジュノはなぜそんな事を知っているのだ」

「いや、朝早くにそれがしが起きてこの居間に来ると、三日に一度はコキリが酔い潰《つぶ》れていてな。部屋に追い返す時にべらべらとそう言う事を喋《しゃべ》るのだ。こちらは別に聞きたくもないのだが……うむ、この烏賊《いか》は美味《うま》いのう。歯応《はごた》えはさっくりと、しかし、噛《か》めば旨《うま》みが広がるばかり」

寿之丞が刺身を口に放り込むや否や、声を大にした。

「そうですか、槍《やり》烏賊はまだ旬には早いのですが……うん。それでも良い味だ。義父が持って行けと言ったわけがわかる」

「クロウもしっかりと『魚吉』の若旦那《わかだんな》になったな。それにしてもお主のように刺身付きでやってきてくれる友を持ってそれがしは幸せだ」

寿之丞が適当なことを言っている。

とうとう朝は口を挟んだ。

「あの……よろしいですか」

「うむ？　どうした、朝。一口も食べていないではないか。ひょっとしてお主、烏賊は苦手だったか。今日は烏賊の刺身に烏賊の煮付け、烏賊の塩焼きだからもしそうなら飯のほかには味噌汁しか食べるものがない。他に何かないか探してこよう」

と、寿之丞がとぼけた気遣いを寄せながら腰を浮かし、感九郎の方は、

「いや、惚れた腫《は》れたという話が不得手な私がこう言うのも何だが、そういうときにあまり周りがいろいろと動いたりせぬ方がよいのだ。コキリはしばらくそっとしておくといい」

などと的外れなことを言っている。

「違います違います。僕は烏賊は食べられますし、それにコキリさんの恋も心配なのですが」

そう言うと二人は顔を見合わせ、またこちらを見る。

朝は少々呆れながら口を開いた。

「僕が言いたいのは『仕組み』のことです。もともと、『ものづくり御前試合』までに時間がないではないですか。出るにしろ出ないにしろ何かの策を講じないといけないのに、準備どころか筋書きが全くできていないじゃないですか」

「そうだのう。小霧があの様子では今後も目処《めど》が立たぬな……うむ、焼いてよし、とはこのことだな」

そう言って寿之丞は烏賊の塩焼きにかぶりついている。

「だからですよ。いったいどうするのですか」

「まず落ち着くといい、朝」

感九郎が箸《はし》を置いてこちらを見やる。

「私だって何も考えていないわけではない。万国博覧会、そして『ものづくり御前試合』がどういうものかに思いをめぐらせ、準備をしている。役に立つかどうかはわからぬがな」

「でも、もう時がないじゃありませんか」

御前試合が開かれるのはあと半月後である。

それでいて何も決まっていないのだ。

「今回の『仕組み』は諦めるのですか」

「いや、それはいただけないのう」

寿之丞が二杯目のご飯を自分の丼《どんぶり》によそいながら首を振った。

「御前は普段は鷹揚《おうよう》だが、『仕組み』が失敗した時は非常に厳しい」

すると、感九郎が怪訝《けげん》な顔をする。

「私がいた時はそういうことはなかったが、礼金がない以外に、なにか罰でもあるのか」

「罰というのではないが……御前はああ見えてうわばみでな、酒を何合でもあけるのだ」

寿之丞は苦虫を嚙み潰したような顔で烏賊の煮物をご飯の上に乗せ、かきこんでいる。

「小言を言いながらのその酒を朝まで付き合わされるのだ。一日二日ではないぞ。

「あたしらにとっちゃあ一時のことでやすが、この国のここそこで悪事をはたらかれて苦しみ続ける人がいるのがわかりやせんか』『これが悪党たちが思い知る最後の機会だったかもしれないのに、どうしてもうすこし踏ん張れなかったでやすか』と、まあこれが夜が明けるまで続くわけだ。今までそれがしとコキリ以外にも墨長屋敷に住んだ者の数は少なくないが、多くの者がその酒の責め苦を理由に出て行ってしまった……まあ、今回も失敗したら屋敷に戻ってきて毎日酒を吞《の》むだろうのう、御前は」

「それは嫌だな。そうなったら私はやはりここではなく、他の住処《すみか》を探そう」

「おっ、お主はこずるくなったのう。それは許さぬぞ。一蓮托生《いちれんたくしょう》だ」

感九郎と寿之丞が夕餉《ゆうげ》を食べながらそんなやりとりを続けているので、さすがに朝も腹が立ってきた。

「そういうことではありません！　だって『仕組み』をしないことには、悪事がはびこるのでしょう？」

「うむ、まあ、そういう風にも言えるのう」

「それはこたえるな」

「しかも御前は泣き上戸でな、涙ながらに責めてくるのだ。

十日連続の時もあった」

寿之丞がまたお代わりをよそいながら呟《つぶや》くように言った。

「しかしのう、コキリができなければそれがしたちでは何にもならんのだ。『仕組み』において筋書きというのはえらく大事でな。よく考えなければならんが、その実、簡素でなければいかん。その場その場で千変万化しなければ役に立たぬからな。コキリでなければ筋書きは書けんよ。かといって無理やり書かせることもできん。彼奴《きやつ》は自分のしたいことしかできんやつだからな。屑《くず》みたいな筋書きを書いた末、実行しようものなら全滅の憂き目にあうだろうのう。結局いかんのだ」

「でも……」

「朝、ジュノの言う通りだと私も思う。だからこそコキリの恋の行方が気になったというのもあるのだ……が、いかんな。いま聞いた限りではコキリは頼りにならないから、皆それぞれにできることをしておくしかない。及ばずながら私もできることは準備し始めている」

感九郎が噛《ふく》んで含めるようにそう言ってくるので、朝は不本意ながらも黙った。

寿之丞が早くも丼飯を三杯たいらげ、茶をいれながら低い声を響かせた。

「おお、クロウも貫禄《かんろく》がついたのう。ずいぶんと地に足がついた。やはり大店《おおだな》の若旦那になると違うのう」

「子もできましたゆえ」

「なによりなにより……朝、お主の言う通りのところもあるが、焦っても始まらん。それにクロウだけでなく、それがしもできることはしておるのだ」

そう言うと、皆の膳《ぜん》にほうじ茶を注いだ茶碗《ちゃわん》を据えた。

『仕組み』の依頼を受けてからこちら、久しぶりに知った料理屋の座敷を流してな、手妻芸を見せて回っていたのだ。座敷には武家だの商人だののなかでも羽振りの良い連中が来るからな、話を聞いているだけでも世情がわかる」

「なにかわかったのですか？」

朝は聞いた。

かなり前のめりである。

それもそのはず、そもそもが今回の「仕組み」が全く進んでいないことに苛立《いらだ》っているのは、ロシェから聞いた薩摩藩の動向を知っているからなのだ。

もし、ジュノが『一目連』の思惑に到達したのならば、それは薩摩藩の不穏な動きとつながっているはずだ。

それを知りたい。

やはり自分は父から間諜《かんちょう》の血を受け継いでいるのだろうか。

「ずいぶん食いついてくるのぅ。いや、わかったことは色々あるのだが、はっきりしているのは『菟田屋』の動向なのだ。どうやら菟田砂峰が西国からこちらへ出てきているらしいのだ。道具なども一式、佐賀から持ってきて、そのまま『ものづくり御前試合』に臨むらしい」

「ああ、菟田砂峰ですか」

朝は内心、がっかりした。

わかったのは薩摩の企《たくら》みについてではないらしい。

が、「仕組み」にとっては重要な標的であることは間違いない。

寿之丞は途端に朝の気がしぼんだのを不思議そうにしながらも、話を続けた。

「その裏も取れたのでな、実は今夜、朝に頼もうと思っていたのだ」

「何をですか」

「横浜へ行ってくれないかのぅ」

「横浜！」

朝の声が高くなった。

横浜には白がいるのだ。

「急に元気になったのぅ……菟田砂峰の逗留《とうりゅう》先は横浜らしい。できるかぎり近づいて調べてきて欲しいのだ。奴が『ものづくり御前試合』に用意しているものは何か。陶器なのか書画なのか、はたまた金工なのか」

「行きます行きます！……ジュノさん、きちんと『仕組み』のことを考えていたのですね」

「それがしも御前の泣き酒につきあいたくはないからのう……とにかく、それ以外にも菟田砂峰の弱みでもなんでも良い、片端から役に立ちそうな事を調べてくれい。金はいくらつかっても御前が払ってくれるから気にせんで良い。なにかわかったら文を出すか、即刻戻ってきてくれい」

「わかりました」

朝は声を高くした。

安穏と過ごしているように見えて、その裏で事を進めていたのだ。

頼り甲斐《がい》がある。

「本当はそれがしが横浜へ同行したいところだが、まだ調べておいた方が良いことがあるので江戸を離れられんのだ。クロウ、お主も行けんだろう」

感九郎が眉間《みけん》にひどい皺《しわ》を寄せながらうなずく。

立場上、「魚吉」から離れられないのだろう。

「というわけで、朝ひとりに任せてしまうことになるが、はたして大丈夫かのう」

「問題ありません。明日《あした》からでも行きます」

「四、五日たったらいちど江戸へ戻ってきてくれい。朝が調べたこと、それがしが耳にしたこと、クロウが考えたことをつきあわせようではないか。コキリはあてにならんから今回はそれで『仕組み』をやるしかなかろう」

朝はうなずいた。

思っていたよりも大事な役を仰せつかってしまった。

すると、感九郎が神妙な声を出した。

「朝、戻ってきたら私の相談にのって欲しいのだが」

「なんでしょうか」

師匠たる感九郎が朝に頼み事をするのは珍しい。

「万博という場で、異国が日本にどんなものを望むのか聞きたくてな」

「……僕ではわからないことが多いと思います。米利堅の血が流れているというだけで、万博どころか異国に行ったこともありませんから」

朝はうつむいた。

結局、自分は中途半端に思える。

日本人なのか、異国人なのか。

男になりたいのか、女がよいのか。

朝は、今にも崩れそうな瓦礫《がれき》の上に自分がいるように思えた。

すると、感九郎は声を穏やかに響かせた。

「確かにそうかもしれぬ。しかし、私たちとも異国人とも違うものを持っている朝に相談にのって欲しいのだ」

「師匠たちとも異国人とも違うもの？」

すると感九郎はこちらを、すう、と見た。

「朝にしか見えぬ景色があるということを忘れぬ方が良い」

いつもの台詞《せりふ》である。

相変わらずその意味はわからぬが、しかし、なぜかしら心持ちが落ち着いた。

「……わかりました」

「よかった。実に助かる。いや、万博でどのようなものが望まれるかわかれば『ものづくり御前試合』がどういう風に行われるかわかるのではないかと思ってな」

「それなら今晩にでも話しませんか」

「いや、それを聞くために朝に見せるものがまだできていないのだ」

「！……ひょっとして、師匠は師匠は『ものづくり御前試合』のために何かおつくりになっているのですか」

知らぬうちに声が踊った。

しかし、感九郎はかぶりを振る。

「いや、言うほどのこともないのだ。この間も言ったようにまず私のつくるものが万博の場に出品するものとして通用するとは思えぬのだ。しかし、ものづくりというのは面白いものでな、どんなときにも『隙間』がある」

「隙間……？」

「まあよい。とにかく、身に危険のないようにな。本当は私が横浜に同行したいくらいなのだが、どうしても江戸を離れられぬ」

感九郎がそう言うのに頷《うなず》きながら、朝はやっと膳に向かった。

椀《わん》を手にとって啜《すす》ると、味噌汁《みそしる》はすっかり冷めていた。

第四章　朝、再会する

「仏蘭西語が話せると聞いたが」

苑田砂峰が抑揚のない声で問うてきた。

一見、微笑んでいるように見えるが、吊《つ》り気味の目は笑わずに、じっとこちらを見ている。

底が知れぬ。

ところは横浜は異国人の住まう居留地にある旅籠《はたご》、「異聞館《Even HOTEL》」。

時は朝が江戸を発《た》った、その翌日である。

「はい、英語の他に仏蘭西語、阿蘭陀語を話せます。まだ未熟ではありますが」

朝が応《こた》えると、砂峰は一つ息をついた。

「そうか。それは助かる。儂《わし》は阿蘭陀語しか話せぬのだ。いや、当方にも仏蘭西語に通じる者はいるのだが、所用があるとかでつなぎがつかずに困っていてな。こちらへは別件で来たのだが、急に仏蘭西人との商いをすることになった。手配しようとしても都合がつかずに困っていた次第」

そう言って茶をゆっくりと啜っている。

この異聞館は横浜港や外国人居留地と近いだけに、異国人好みにつくられている。砂峰の部屋にも卓と椅子が置かれているが、一方で屏風《びょうぶ》や掛け軸なども飾られており、いささか奇抜である。

しかし、野暮というわけではなく、洒落《しゃれ》っ気を感じさせる配置となっている。日本趣味の異国人にでも意匠や塩梅《あんばい》を確かめながら宿を作ったのだろうか。いずれにしても、異国の生活に日本を取り入れたらこのような部屋になるのではないか、と思わせられた。

「さっそくで悪いが、とある仏蘭西人が持ちかけてきている商いの話をしたいのだが」

砂峰は無駄が嫌いなようである。

世間話もなく、会ったばかりの朝を相手に仕事の話を始めた。

朝は異聞館から出ると。洋杖《ステツキ》を両手で持って空に掲げるように伸びをした。

菟田砂峰の話は簡潔で、時間はかからなかったが、非常に濃密で疲れてしまった。

寒さが心地よいが、いささかこたえる。

自作の首巻きをきつくしめ直し、朝は歩き始めた。

横浜に来て早々に、まさか砂峰に会えるとは思わなかった。

しかも、通詞として雇われたのだ。

砂峰のことを探るのに、これ以上恰好《かっこう》の立ち位置はあるまい。

感謝せねばならぬ。

朝は上機嫌で己の宿へ足を向けた。

横浜には父の住まう屋敷があるが、なるべく顔を合わせたくなかった。

嫌いというわけではない。

なぜかしら、一緒にいると息がつまる気がするのだ。

父に会えばなんらかの情報が手に入るかもしれぬ。

なにせ「一目連」の持ち主《owner》なのだから。

しかし、こちらのことが「一目連」に漏れぬとも限らないから、それも良い手ではない。

今の所、朝が「仕組み」に与《くみ》していることは知られておらぬが、怪しんで本気で調べればすぐにわかってしまうだろうからだ。

いずれにしても間合いはとったほうが良い。

なので、外国人居留地へと続く関所の内側、いわゆる関内で別の宿をとっていた。

屋号は「山屋《Yam HOTEL》」。

異聞館に遠からず近からず、それに宿代が高くないのだ。

昨夜は到着が遅かったから夕餉《ゆうげ》は外で食べたのだが、今朝になって出てきたご飯がやたらと美味《おい》しかったのは感心した。

「お帰りなさいませ！　朝様」

山屋の玄関に入ると、元気な声が響いた。

途端、藍色《あいいろ》の着物を着て、前掛けをつけた女中が帳場から出てきた。

齢《とし》は二十前くらいだろう、大きな目に丸い鼻の愛嬌《あいきょう》のある顔に輝くような笑みを浮かべている。

昨日、横浜に着いた時に、宿も決まっていなかった朝を元気よく迎えてくれたのがこの女中であった。

場所柄だろう、横浜へ来てから異国人への酷《ひど》い扱いもなく久方ぶりに安堵《あんど》していたが、この女中ほど愛想が良いのはそれでも珍しい。

微にいり細をうがち世話をしてくれるのだ。

「朝様、お部屋までお荷物持ちますよう」

そう言って、朝の洋杖と鞄《かばん》を奪い取るようにする。

朝がその勢いに気圧《けお》されていると、女中は奥へと向かおうとしたその足を、突然ぴたりと止めて振り返った。

「そうだ、朝様にお客様がいらしてたんだ。すいません！　先ほどいらして、朝様がまだ戻っていないと申し上げたら、うちの茶屋で待っているから戻られたら伝えるように、と言われたんでした」

朝は、ああ、と声を上げて、右手を頭へとやった。

砂峰へ自分をつないでくれた者と会う手筈《てはず》だったのだ。

「すいませんが、洋杖も鞄も部屋へお願いできますか」

朝がそう言うと、女中は鞄を口元まで持ちあげ、まるで顔を半分隠すようにして小さく声を出した。

「ずいぶんと二枚目のお客様でしたが、どなたなのですか」

まるで好物のご馳走《ちそう》を目にした時のように、にやにやと笑っている。

朝は少したじろぎながらも、「仕事を助けてくれている人です」と答えて、踵《きびす》を返した。

背後で「色男の異国人と悪そうな二枚目……」と嬉《うれ》しそうな声がしたように思えたが、振り返った時には女中が奥の方へと歩き出す背中しか見えない。

仕方なく、首を傾げながら山屋の茶屋の方へと急ごうとして、自作の首巻きに気がついた。

これも部屋に持っていってもらえばよかったな、と思いながらも首回りにそのままにして歩き始める。

山屋は異聞館とは趣が違っており、異国人たちに日本を感じてもらえる作りとなっている。

宿場町の旅籠、そのままなのだ。

面白いのは山屋の隣に茶屋をつくっていて、そこで茶や甘味を出すという趣向をとっており、こちらも異国人に人気があるようだった。

玄関を出て隣の茶屋に入るが、目当ての者が見当たらぬ。

方々にいる客の顔を確かめながら進むと、一番奥で小さな帳面を読んでいる者がいる。

広い額と逆八の字に真っ直ぐな眉《まゆ》が見えている。

朝はそちらへと近づいた。

「お待たせしました。『菟田屋』さんに会ってきました」

「おお……朝か。首尾はどうだった」

顔を上げてこちらを見やるのは、細面に目立つ、少々吊《つ》った細い目。

悪い奴の目だ。

高い背を折り曲げて座り、撫《な》で肩に薄物をかけている。

誰あろう、品川宿で朝を助けた白である。

「うまくいきました。本当におかげさまです」

「いや、つなぎをつけたからといってうまくいくわけではない。朝の力だ」

「でも、よかったのですか？」

「何がだ」

「仏蘭西語の通詞なら白さんもできるでしょう。せっかくの話を僕にふってしまって良かったのですか」

「いいのさ。『菟田屋』とは色々あってね、俺は会いたくねえんだ」

そう言って悪そうな顔をする。

「何があったのかは聞きません。白さんなら悪いことたくさんしてきてそうですから」

「違《ちげ》えねえ」

「約束通り、白さんの話はせずに、通詞を探している噂を聞いたていにしましたよ」

「ありがたい。しつこく探られたりしたら面倒で仕方がねえ」

「あまり悪いことばかりしていると、どこにもいられなくなりますよ」

そう憎まれ口を叩《たた》いていると、店の者が茶を持ってきたので、焼きまんじゅうを頼んだ。

白が帳面を懐にしまい、大きく息をつく。

「昨日、お前さんが飲み屋に現れた時にゃあ驚いたぜ」

「横浜についてから何軒かの料理屋に聞いたら、すぐに居場所がわかりました」

「気をつけなきゃいけねえな。河岸《かし》を変えねえとそのうち『菟田屋』に見つかっちまう」

そう言って顔をしかめている。

「白さんはいつから横浜にいるのですか」

「四年くれえ前からだな。生麦《なまむぎ》事件だの寺田屋《てらだや》の騒動だの剣呑《けんのん》なことばかり起きた年からこっちに来てる」

朝が横浜から江戸に出た年であるから、すれ違いだ。

「またどうして横浜に」

「そりゃお前、仕事だよ。外国人居留地があるからな、客がたくさんいる。お前さんこそどうしてこんなところにいるんだい」

朝は言いよどんだ。

当たり前だが、本当のことを言うわけにはいかぬ。

慎重すぎるきらいはあるが、朝の父が外国人居留地に住んでいることも知られぬほうが良いのだろう。

「……通詞のための勉強です。横浜は日本の玄関。異国への扉があるところですから」

「なぜ昨夜、『菟田屋』について俺に聞いたんだい？」

「それは……もし知っているなら教えて欲しいくらいの気持ちだったのですが」

昨夜、「菟田屋」が仏蘭西語のわかる通詞を探していると教えてくれたのは他ならぬ白である。

酔った白に出会い、白はそのまま酒を呑《の》み、朝は食事をした後、ためしに「菟田屋」のことを聞いてみたら大当たりだったのだ。

「……『苑田屋』になにか用があるのかい？」

白の目が、すぅ、と細くなった。

全てを見透かされている気がする。

「いえ、『苑田屋』さんは異国との商いに長じているという噂は耳にしていたのですが、ひょんなことからいま、横浜にいらしているとの話を聞いて……その、僕はこんな見た目ですが、日本を出たことが一度もなく、せめて異国とのやり取りに長じている方から勉強させていただきたく」

「ふうん、そうかい」

そう言って、白は黙った。

朝は固唾《かたず》を飲んでいた。

出たとこ勝負の応《こた》えをしてしまったが、そこまで下手を打たなかったように思える。

頃合いよく、茶屋の女中が焼きまんじゅうを持ってきたので、これ幸いにと朝は両手でそれを持ち上げてかぶりついた。

熱い。

よもぎが練り込まれているのだろう、まんじゅうの皮は緑色で、柔らかいそれを噛《か》み破ると中まで熱々のあんこが飛び出してくる。

口の中が火傷《やけど》するくらいで食べるのに難儀するが、あんこというのは温めると美《う》味《ま》くなる。

ねっとりとしながらも元が小豆だからであろう、どことなしかほっくりともしている。

熱を加えられて甘みが増しているのだが、塩気やこくもこれまた浮き立っていて、ただ甘いだけではない。

見事な味になっているのだ。

朝は一口食べると片手で茶碗《ちゃわん》を持ち、茶を飲み下した。

こちらは甘味に合わせてあるのだろう、濃いめの緑茶で、きちんと渋い。

舌にのこった、まろみのある甘さを洗い流してくれるので、すでに口が焼きまんじゅうを欲している。

間髪をいれずにかぶりつこうとしたところへ、白の顔が近づいてきて、ぱくり、と朝の持った焼きまんじゅうを噛みちぎり、半分ほどうばっていった。

「なにするんですか！」

思わず朝は声を高くした。

まるで小さい悲鳴だったので、店の者や客がいっせいにこちらを見ている。

一方、白は悪びれもせずにまんじゅうを、もぐもぐ、と咀嚼《そしゃく》して飲み込んだ。

「お前さんがあまりにも美味そうに食っているからな。つい食べたくなった。甘いものはあまり食わないが、なかなかのもんだな」

「ああ……半分も食べちゃって。僕の焼きまんじゅう」

「すまんすまん。なんだ、朝は甘いもの好きか。まだ子どもだもんな」

「子どもじゃありません！　失礼な！　僕のまんじゅうを勝手に食べたことに怒っているんです！」

「そう怒るな、この間助けてやったし、『菟田屋』も紹介してやっただろうに」

「それとこれとは別です」

「しかたねえなあ、もう一個頼んでやるよ」

白が面倒そうに店の者を呼ぶので、焼きまんじゅうだけではなく、団子や汁粉まで頼んでやった。

次々にやってくる甘味を見て、白は顔をしかめている。

「お前……そんなに食うのか」

「甘いものは好きですから。なにせ子どもですからね」

嫌味を言いながら、朝は汁粉を匙《さじ》で口に運んだ。

こちらもあんこだが、さらっとした口当たりの甘みが口に染み込むようにして、喉《のど》を通り過ぎていくその様子が楽しい。

団子は団子で、やはりあんこが乗っかっているのだが、こちらは甘みに歯応えが加わっている。

同じあんこでも姿を変えると食感が違うのだ。

それらを平らげて、おかわりした渋い緑茶を啜《すす》っていると、白が声を上げた。

「大したものだな。全部食べるとは」

「感心しているのですか、呆《あき》れているのですか」

「両方だな」

そう言って、にやり、と笑った。

つられて朝も笑ったのだが、白とのやりとりが楽しいのか、それとも甘味に満足したからなのかは自分でもわからぬ。

このような時の過ごし方を今まで知らなかった。

楽しいが、穏やかである。

相手のことが気になるが、歯に衣着《きぬき》せずにものを言える信頼感もある。

初めて会ってから間もないのに、前から知っているようである。

朝はまるで芝居の世界にいるように思えて、それでいて顔を上げると現《うつつ》に引き戻されるような気がして、うつむき加減のままその感に身をまかせた。

その時である。

白が低い声を出した。

「朝、一つ相談があるのを聞いてくれねえか」

人の気を惹《ひ》く声であるが、何かを企《たくら》んでいる臭いがする。

こう喋《しゃべ》るのは、たいてい悪い奴なのだ。

朝はうつむき加減のまま、口を開いた。

「なんでしょうか？」

「お前さんが『菟田屋』の通詞として仕事をしている間に、探って欲しいことがあるんだ」

「！……」

息を呑んだ。

なぜそれを頼むのだろうか。

奇《く》しくも朝が「仕組み」のためにしようとしていることと同じである。

しかし、それよりも別のことが気になった。

ひょっとして白は初めから朝にそれをさせようと、「菟田屋」につないだのか。

朝の様子を察したのか、白は声の調子を落とした。

「いや、もちろん嫌ならいいんだ。もとよりお前さんに頼む気はなかったんだがな……ちょいとこっちの気持ちが動いちまってな」

「気持ち……？」

目を上げられぬまま、そう訊《き》いた。

もとより頼む気はなかった、という言葉を信じて良いものなのか、どうなのか。

「ううん……頼むどころかお前さんに話すことではないんだが、言いかけたものをこちらの胸に戻すわけにはいかねえな」

そう言うと、白は懐から小さな巾着袋《きんちゃくぶくろ》を出して朝の目の前に置いた。

ちょうど朝の目の先である。

「なんですか、これは」

白は何も言わず巾着袋をあけ、親指ほどの大きさの白い小さなものをつまみ出した。

何だかわからない。

目を近づける。

どうやら陶器だか磁器だかのようであるが、欠けている。

いや、むしろ茶碗か皿かのふちが三角に割れて欠けた、その一片である。

「これは……」

いったい何なのだろう。

そこでやっと白が口を開いた。

「金継ぎというのを知っているだろう」

朝はうなずいた。

聞いたことはある。

割れた陶器を漆でくっつけ、その割れ目を金や銀の粉で彩るやり方である。

一度壊れたのにも関わらず、元の器より価値が高まることもある。

割れてしまった茶道具を継いで、城一つ買えるほどまでの高値になったものもあるという。

実に不思議である。

「金継ぎがどうかしましたか」

「うん。ならば、金継ぎの分野で『呼び継ぎ』といわれる手法があるのは知っているか？」

「呼び継ぎ……？」

「知らんか。なかなかに面白い手法でな……普通の金継ぎは簡単に言やあ『壊れた器を元に戻す』やりかただろう」

　朝はうなずいた。

「呼び継ぎってやつも基本的にはそうなんだが、別の器のかけらをくっつけちまうんだよ」

「別の器のかけらを？」

　なんだそれは。

　おかしなことになるのではないか。

「そうするとたとえば、右半分は日本でつくられた陶器で左半分は異国でつくられた磁器の皿なんてのもできあがる。もちろん金継ぎだから、くっついた割れ目は金色や銀色にみえる。そんな皿は下手物《げてもの》だなんて言う声もあがるだろうが、なあに、茶をたしなむ数寄者《すきもの》には異国趣味を面白いと言う奴もいれば、変わった物を喜ぶ奴も多い」

「へえ、僕はてっきり茶道は日本や唐《から》の伝統しか許さず、格式ばっているのだとば

「そういう面もあるが、利休《りきゅう》七人衆の高山右近《たかやまうこん》や蒲生氏郷《がもううじさと》みたいな奴らもいる。切支丹《キリシタン》で、異国に傾倒していたんだ」

にわかには信じられぬ話で首を振ると、白は、ふん、と鼻を鳴らした。

「だからよう、そういう皿をうまくつくって、うまく世に出せば価値は出るはずだぜ」

面白い話である。

そんな皿があったらよほど楽しいだろうが、しかし、そもそもがそんなに都合よく「他の器にはまるかけら」ができるように割れるのだろうか。

そう言うと白は下唇を噛《か》んで何度かうなずいた。

「そうなんだ。なかなか合うものがなくてな、作るのにめぐりあわせや運も必要となる。見つけるのはなかなかに難しいだろうな……ああ、ものは違うが呼び継ぎのつくりといやあそれに似ているな。それそれ、お前さんのつけているそれだ」

藪から棒に朝の方を指差してくる。

何かと思っていると向かいから、にゅっ、と腕を伸ばして首巻きをつかんだ。

「これだよ、これ」

そう言いながら引っ張るので仕方なしに首からはずすと勝手に、さあっ、とさらわれた。

「この間も思っていたが、こいつはなかなかに奇妙な作りをしている」

そんなことを言って広げたり、透かしたりしている。

「ちょっと、やめてください」

「いや、他でこんな作りは見ねえからな。刺し子だのメリヤスだの、いろんな布地をつぎはぎしているのが面白いし、それぞれの布地の少しやれてるのもいい。変わった景色だぜ」

「景色……」

感九郎の言葉が脳裏に走る。

──朝にしか見えぬ景色があるということを忘れぬ方が良い。

「ああ、俺らは物の表情を『景色』というんだ……なにより『こうしてやろう』という雑念がみあたらねえ。こういうものでは珍しいんだぜ、それは」

真顔でそんなことを言っているので、朝は慌てて首巻きを取り返した。

「もう、やめてください。手仕事の師がせっかくだから身につけろと言うから首に巻いてるだけで、つくった僕は恥ずかしいばかりなんですから」

「なんだ？　それをつくったのはお前さんなのか？」

「そうですよ」

「どこかの古道具屋で買ったのかと思った」

「悪かったですね！　僕は不器用で、メリヤス編めば編み目が乱れるし、刺し子をやれば糸の道がうねって、古道具みたいに汚くなってしまうんですよ」

朝はそう言ってそっぽを向いた。

そして、もうこの首巻きは二度とつけまい、と心に誓った。

すると、白は、からから、と笑った。

微塵《みじん》も暗さのない、からっ、とした笑い声である。

「……いや、気を悪くしたならすまなかった。しかし、ちげえよ。『古道具屋で買った』ってえのは褒め言葉だ」

「取り繕ってもだめです」

「そんなんじゃねえよ。古道具を異国人に売るのが俺の商いなんだぜ」

白の声が低くなった。

「そして、俺の商いは千両、万両になることをはばからない。いいか、朝。古道具は金になるんだ。まさに値千金なんだよ」

そう言うと、白は黙った。

しばらく、朝も口を開かずにいた。

どうにも口八丁で転がされている感じもするが、仕方がない。

「わかりましたよ。でももうこの首巻きのことは話題にしないでください」

「なんでえ。本気で褒めてんだぜ。いずれにせよ、呼び継ぎってやつはその首巻きみたいに面白みや意外さを秘めてるんだ……それでな、このかけらなんだが」

白はさきほど懐から出した巾着《きんちゃく》とその中身のかけらを手のひらにのせた。

すっかり忘れていた。

その話だったはずである。

ここにきて朝はふと思い立った。

「ひょっとして、呼び継ぎをつくるためのかけらですか」

そう言うと、白は不敵な笑みを浮かべた。

悪い奴の笑みだ。

白はそれから、ゆっくりと話しはじめた。

あの織田信長《おだのぶなが》の歳《とし》のはなれた弟に、織田長益《ながます》という人物がいたらしい。

千利休《せんの》に茶道を学び、利休の高弟であった長益は「有楽斎《うらくさい》」と呼ばれる数寄者でもあったとのこと。

どうやら、呼び継ぎはその長益の趣向だったようである。

「その有楽斎が死ぬ前、気に入っていた器を割ったらしく、最後にもう一つ呼び継ぎを作らせようとした、という言い伝えがあってな……それがまた本当かどうかわからねえんだが、俺は子どもの頃からその話がどうしても気になっていてな」

白は静かにそう言った。

ずいぶんと白らしくない、夢を追うような話である。

朝は口を挟んだ。

「ということは、その器は誰も見たことがないのですね」

「それが、それらしいものが見つかったんだ」

「あったんですか」

「いや。それらしいというだけで、本物かどうかはわからない。しかし、とにかくあったんだ。ものは筒茶碗《つつぢゃわん》だった」

本物かどうかがわからないのに、なぜその茶碗が『それらしい』などと言われるのだろうか。

そう訊《き》くと白は、そりゃ誰だってそう思うよな、と言った。

「それがな、その呼び継ぎでつくられた茶碗は欠けていたんだ」

わけがわからない。

欠けているのを直すのが金継ぎなのではないだろうか。

そう言うと白は面白そうな顔をした。

「そりゃそうなんだがな……呼び継ぎってのはさっきお前さんが言った通り、もと もと別の器が割れたのをくっつけるわけだから、なかなか合うものがないんだ。かけらをつくるために器を割る輩《やから》もいると聞くが、長益は利休七人衆、筋金入りの数寄者《すきもの》だからな、そういうことを避けたんだろう。結果、いくつかのかけらを寄せ集めたが、割れの最後にはまる一片がどうしても見つけられない。仕方なしにとりあえず、ある分だけ茶碗に継いだらしい。そのあたりのことは言い伝えに残っているんだ」

「全てが揃《そろ》わないのに、継いでしまったのですね」

「そうだな。死ぬ前にできるだけのことはしたかったんだろう。最後の部分についでは、形が合っても、気が済まない。長益ほどの人が満足するには、形が合いました、ではこれにしよう、ではすまないだろうからな。もともと、どんな器から欠けたのか、という由来やいわれを重んじたろうし、そもそも継いでみた景色が洒落《しゃれ》てたり、遊びがなけりゃ意味がないからな」

　白の話を聞き、朝は面白く思った。

　たかだか茶碗の話である。

　しかも壊れたものを直そうとしたが、長益がこだわっていたから直せなかった、というだけの話である。

　しかし、そこに何らかの物語を感じる。

「その言い伝え通りの欠けた茶碗が見つかったのですか」

「そうだ。茶碗のふちが大きく割れた最後の部分。三角に切り取られたようなところを残して、後を綺麗《きれい》に呼び継ぎをした茶碗がある時、見つかった。景色もえらく洒落ていて面白みもある。未完成ゆえに箱書きなどもないから本物かはわからないが、見れば、さすがは長益、と思わざるを得ないらしい」

　実に面白い。

　ここまできて、朝はさらに興味が出た。

「白さんは、なぜその茶碗が欲しいのですか」

「そりゃな、もちろんそれだけのいわれのついた道具を手にしたい、自分のものにしたい、と思わなくもねえが、それだけじゃねえんだ……俺は先に見つけちまったんだよ」

「何をですか」

朝がそう問うと、白は手のひらの上の白いかけらを目元まで持ち上げた。

三角の形をしている。

まさか。

「ふん。そうだ。織田有楽斎長益は今際《いまわ》の際に手に入れたんだよ。言い伝えでは臨終の床に届けられたらしい。これがその有楽斎の茶碗にはまる、最後のかけらだ」

朝は、いつのまにか己の呼吸が浅くなっているのに気がついた。

さきほどまで、朝にとってがらくただったその白いかけらが、長い時や長益の情念をまとって、大事な意味がある貴重な物のように見えてきたのだ。

「……そのかけらがはまる茶碗の方は、いったいどこに」

すると白はまた、不敵に笑った。

悪い奴の笑みだ。

「長益の呼び継ぎの茶碗は……」

白はそこまで言ってかけらをつまみ上げる。

朝は固唾《かたず》を飲んだ。

するとは細い目で、すう、とこちらを見やった。

「つい先日、菟田砂峰が手に入れたらしい。それが本当かどうか、確かめて欲しいのだ」


奇妙なことになった。

朝は山屋の自室に戻り、腕組みをした。

横浜にやってきたのは、「仕組み」のために菟田砂峰を調べるためである。

しかし、よりによって白にまで、その砂峰のことを調べるように依頼をされてしまった。

もとより、品川宿で助けてもらった恩がある。

もしうまく調べがついたら礼をするとも言っていた。

今回も、白は砂峰とつないでくれた。

いや、それは都合よく朝を「送り込んだ」かもしれないのだが。

よくわからなくなった。

白に信頼されているのか。

それとも利用されているのか。

なんだかこれより先のことを考えたくなくなった。

こんなことは初めてである。

朝はため息をついた。

外から差す陽の光が傾き、ほの昏《ぐら》くなっても、朝は腕組みをしたまま身じろぎもしなかった。

第五章　朝、疲れる

その翌日である。朝は朝早くから菟田砂峰に同行を依頼されていた。

「来年、巴里で開かれる万国博覧会の影響で、仏蘭西人から話を持ちかけられることが増えたのだ」

道すがら、砂峰がそう説明した。

黒い洋帽の下にうかがえる吊《つ》り目で、あたりを隙なく探っている。

錆鼠《さびねず》色の長着に羽織を合わせながら、頭に鍔《つば》の広い洋帽をかぶったその姿が、ちぐはぐにならず洒脱《しゃだつ》な装いになっているのは、さすが「菟田屋」といったところだ。

風呂敷《ふろしき》包みをさげているから朝が持とうとしたが、断られた。

商売道具が入っているらしい。

砂峰は、あまり情感を言葉に込めることはせず、無駄を削ぐように、淡々と話すのみだった。

「巴里で万博が開かれたら、無論、仏蘭西国内での日本人気はさらに上がる。昨今、ただでさえ評判が良いから先に儂《わし》のような道具屋とつなぎをつけておこう、という腹なのだろう。金儲《かねもう》けだけを考えている輩《やから》も多いのでな、相手を見極めなければならん」

「お金の流れをつくるのは、商いの土台ではないのですか」

朝が問うと砂峰は、じろり、とにらんできた。

「その通りだが、商いというものはそれと同時に育てていかねばならぬ。農業と一緒だ。よくとれるからと同じ作物ばかり育てていれば、土が痩《や》せて実がならなくなってしまう。売り手も買い手もその物品や文化を大事に扱ってこそ、続けていくことができるのが商いだ。この国でも異国でも、それをわかっている者もいれば、ただ金を手元に引き寄せたい輩もいる」

砂峰は商いに対して深い考えがあるようだ。

その考えゆえに幕府ではなく、「一目連」や薩摩藩と手を繋《つな》いだのだろうか。

「こういうことも覚えておくがいい」

急にそう言われ、朝は驚いて足を止めた。

砂峰は歩みをゆるめることもなく、やはり淡々と言う。

「仏蘭西語は儂にはよくわからんが、朝殿の先ほどのやりとりを見ていればよく勉強しているのがわかる」

朝は砂峰に連れられて、先ほど一人目の仏蘭西人のところで通詞の役目を果たしてきたのだ。

相手が英語を解することもあり、つつがなく仕事がすんだのだが、砂峰はそれをして言っているのだろう。

「しかし、通詞は言葉をやりとりすれば良いというものではない。商いが金をやりとりすれば良いというものではないのと同じくな」

淡々と言って歩き続ける。

朝は、ありがとうございます、と呟《つぶや》き、洋杖《ステツキ》をかかげてそれを追った。

そのまま、外国人居留地の方々を渡り歩き、さらに仏蘭西人と英吉利人に会った。

昼をとりながら、砂峰は口を開いた。

「疲れたろう」

朝は首を振った。

その実、昼餉《ひるげ》をとりながら休むことができて助かった、と思えるほど疲れていた。

異国の言葉を日本語に訳して砂峰へ伝え、またその逆も行わなければならない。

相手が同じ人物であればまだよかったのだが、半刻《はんとき》ずつ違う異国人とやりとりせねばならぬのは非常に負担がかかった。

「あと一人、仏蘭西人に会えば今日の仕事は終わりだ」

砂峰はそう言って味噌汁《みそしる》を飲んだ。

食べる時まで、膝《ひざ》の上に藍色《あいいろ》の風呂敷包みを乗せている。

「私は異国の文化や物に興味があるが、食事だけはこの国のものが良い」

そう言って入った料理屋には異国人のためのパンなどもおいてあったが、砂峰は焼き魚と味噌汁、それに白飯を頼んでいた。

朝もそれに倣ったが、食が進まぬ。

料理がおいしくないのではない。

疲れすぎなのも確かだが、胸の奥で澱《おり》のようにたまるものがある。

白に頼まれたことが気になっているのだ。

自分はいいように使われているだけではないか、と思うと何もする気がなくなる。

それでも通詞の仕事はこなさねばならぬ。

もちろん「仕組み」のために砂峰を探るのもだ。

朝は米と魚を口に詰め込み、味噌汁で流し込んだ。

昼食の後、本日最後の通詞の仕事へ向かうため、異聞館へと向かった。

どうやら、先方がこちらに出向いてくるらしい。

異聞館の玄関広間に入ると、すでに相手は来ているらしく、給仕が玄関広間の奥へと砂峰と朝を連れて行った。

たしかに長椅子に上衣《ジャケツ》を着た恰幅《かっぷく》の良い異国人が座っていたが、その姿に見覚えがあった朝はつい声を出した。

「ロシェさんじゃないですか」

仏蘭西語で話しかけると、ロシェは驚いた様子で立ち上がって、朝に握手を求めてきた。

「朝さん、奇遇ですね。品川宿以来だ」

「通詞の仕事で横浜に来ているのです。ひょっとして、これから菀田屋さんとお話しされる方というのは」

「そうです、私です。よかった。菀田屋さんには仏蘭西語を話せる通詞がいると聞いていましたが、朝さんだったのですね。とても安心です」

そう言って大きな顔に満面の笑みを浮かべている。

「どうした、朝殿。知り合いか」

砂峰が近づいてきてそう聞いてくる。

「こちらのロシェさんは仏蘭西で日本の茶器を扱われている商人の方で、通詞の仕事を二回ほど依頼していただいたことがあるのです……ロシェさん、こちらは菟田屋の当主、菟田砂峰さんです」

朝が日本語と仏蘭西語を織り交ぜて紹介すると、砂峰とロシェは互いに挨拶《あいさつ》をして、長椅子に座った。

「ロシェさん、本日は砂峰さんとお話しされたいとのことですが、まず何についてなのか、その要旨を教えていただけますか」

「私の聞きたいことは一つだけなのです」

ロシェの仏蘭西語を聴き、すばやく日本語に訳して伝えると砂峰はうなずいた。

先方の言葉に込めた雰囲気まで崩さず伝えるには、間合いをはかり、拍子を崩さぬことが必要である。

「その『聞きたいこと』とは何か、教えていただけますか」

「茶人の織田長益が亡くなる前に作った、金継ぎの茶碗《ちゃわん》を菟田屋さんがお持ちという噂は本当ですか」

その突然の問いに、朝は頭を射貫《いぬ》かれたような気がして、絶句した。

通詞の間合いも拍子もない。

すぐに、砂峰が指で、とんとん、と朝の肩を叩《たた》いた。

我に返った朝が見ると、砂峰はほんのわずかに眉間《みけん》に皺《しわ》を寄せている。

「長益、というのは聞こえたが、何と言っているのだ」

「……織田長益が最後につくった金継ぎの茶碗を、菟田屋さんが持っているという噂を聞いたそうです」

砂峰はそれを聞くと片方の眉毛《まゆげ》を吊《つ》り上げた。

「どこでその話を聞いた」

朝が訳すと、ロシェは肩をすくめて首を振っている。

「欧州の者には欧州の者のつながりがありますので」

「もし持っていたとして」

砂峰は表情も、声音も変えぬが、苛立《いらだ》っているようだ。

すでに三人の異なる異国人と砂峰との間で通詞をした朝には、それとなくわかった。

こういうときは淡々と訳すに限る。

砂峰はゆっくりと問い続ける。

「何だというのだね」

「ぜひそれを見せていただきたいと思っています」

「見てどうするのだ」

「『金継ぎ』は日本独自の技です。どこが割れたかはっきりとわかるようにつなげて器の価値を上げる文化なんて世界に類を見ませんよ。その『金継ぎ』の中でも……」

「……うん、ああ、何と言いましたかね」

ロシェが物忘れでもしたかのように頭に手をやったり、顔をしかめたりしている。

朝は助け舟を出した。

「ロシェさんが言いたいのは『呼び継ぎ』ですか」

「そうです！　その『呼び継ぎ』は『金継ぎ』文化の最たるものの一つと聞いています。ぜひ拝見したいと思っているのです」

ロシェのその言葉を訳す前に、朝は額をなでた。

集中せねばならない。

何がどうなっているのかわからないが、朝は濁流のような状況に流されている。

気を抜けば、溺《おぼ》れてしまう。

息をゆっくり吐き、ロシェの言葉を訳すと、砂峰は首を振った。

「できぬ相談だ。儂《わし》の手元に長益の茶碗などない」

「そんなことはないはずです。私は確かな筋からその話を聞いたのです。苑田屋さんに悪いようにはしません。私は多くのフランス貴族とのつながりを持っています。貴族たちは日本の器にとても興味を持っています。苑田屋さんにとって良い商売になるに違いありません」

それを伝えると砂峰はまた首を振った。

「金を出せば良い道具が手に入るわけではない」

「おっしゃるとおりです。しかし、相手がいなければ商売が成り立ちません」

「どういう意味だ」

「そのままの意味です。多くのフランス貴族が私が持っていく日本の茶器や書画を楽しみにしています。だから私の意見はフランスの意見となって、江戸幕府に伝えることもできます」

「だから、それはどういう意味なのだ」

「苑田屋さんが長益の茶碗を幕府に売ろうとしているのを私は知っているのですよ」

そのロシェの言葉を聞いた朝は、己の額をなで、息をついてから訳した。

砂峰は身じろぎもせぬが、黙った。

「私はもう行かねばなりません。別の商売の話がありますからね。また明日《あした》、ここに会いにきます。菟田屋さんの心が変わっていることを期待しています」

ロシェはそう言って、恰幅の良い体を揺らしながら異聞館を出て行った。

砂峰はしばらく、ぴくりともしなかった。


それからは大変だった。

まずその日のうちに異聞館の砂峰の部屋に、何者かが入り込んで部屋を荒らしていたことがわかった。

砂峰とロシェの間で通詞をした後に山屋へと戻ったので、朝が知ったのは翌朝である。

まだ朝早いなか洋杖《ステツキ》を振り振り異聞館へ向かうと、人の出入りが多くて騒がしい。

何かと思っていれば、玄関広間へ出てきた砂峰はいつもと変わらぬ表情と口調で
「今日、朝殿に頼もうとしていた仕事はすべてなしになった」と言う。

驚いてわけを聞き、そのことをやっと知った次第である。

「今日は役人がやってきて調べをするとのこと、儂もそれに付き合わなければいかん」

「何かとられてしまったのですか」

ひょっとしたら砂峰はやはり長益の茶碗を持っていて、それが奪われたのかと思いきや首を振る。

「いや、ひどく荒らされただけだ」

そう言うだけである。

部屋には異国人の客に見せる道具や器がいくつもあるはずだ。

外に出る時は、必ず二つ風呂敷《ふろしき》包《づつ》みを持っているのだが、その中には様々な品が入っている。

しかも相手により持っていく物が違うことに朝は気がついていた。

不思議なのは、そのうちの片方の、何の変哲もなく藍染《あいぞ》めにされた風呂敷の包みで、常に持っているにもかかわらず、どの異国人に会っても開くことはない。

その中に、長益の茶碗がしまわれているのではと朝は思っていたが、茶碗にしては大きい。

そして今も、外に出るような服装をしていないのに、砂峰はその風呂敷包みを持っているのだ。

「調べが終わるまでは片付けることもできぬ」

「いったい誰がそんなことを」

「わからぬ。泥棒が入ったなどと、異聞館としても悪名になるから捕まえたいだろうが。いずれにしても治りの悪いことよ」

そう言って、砂峰はわずかに機嫌が悪いようなそぶりをしたが、逆にいえばそれだけで実に余裕がある。

むしろロシェとの会談の時の方がよほど気が立っていた。

それから少し砂峰と話して、結局、今日の仕事はなしとなった。

朝としては無駄足になってしまったが、昨日の疲れもあるからよい休みになるかもしれぬ。

そう思っていると、何者かの声がした。

仏蘭西語である。

「これは苑田屋さん、おはようございます。こちらは朝から騒がしいですね」

振り返ればロシェがいて、慇懃《いんぎん》な様子で挨拶《あいさつ》をしている。

朝も会釈して訳すと、砂峰は身じろぎもせずに口を開いた。

「儂の部屋に泥棒が入った」

するとロシェはいかにも驚いた様子だった。

「それはそれは。お気の毒です。何か盗まれたのですか」

「何もとられておらん」

「不幸中の幸いでしたね。いったい何を狙われたのでしょうか」

「そんなことはわからんが……まるでロシェ殿はご存知のような口ぶりだな」

「私が知るはずもございません。長益の遺《のこ》した呼び継ぎの茶碗《ちゃわん》が悪党どもに奪われていないことを願いますぞ」

砂峰がそれには応《こた》えないでいると、ロシェは「お見舞いがわりに本日はここまでといたしましょう。また明日参りますよ」と言って姿を消した。

砂峰はやはり沈黙を貫いていた。

さらに次の日である。

異聞館に誰かが忍び込んだ騒動の調べが済み、砂峰は朝を連れて初日よりも多くの人数の異国人と会談をした。

前日、休みが取れたことに加えて頭と体が慣れてきたのか、立て続けの通詞の仕事を朝はこなせるようになっていた。

それでもその日の仕事が終わる頃にはすっかり疲れていて、洋杖に寄りかかるようにして異聞館へ帰る途中のことである。

寒さが増してきたからか人通りのない道に入った途端、ばらばら、と四、五人の浪人然とした者たちに囲まれた。

すでに日は落ちはじめ、ほの昏《ぐら》い宵闇に染まる頃合いである。

さらにそれぞれが手拭《てぬぐ》いや頭巾《ずきん》で顔を隠しているから、どんな者たちなのか判別がつかぬ。

慌てて砂峰を背にして洋杖を振り上げると、浪人たちがいっせいに抜刀した。

間髪をいれず、朝は間合いの近い者の頭に杖《つえ》を振り打った。

電光石火の初撃である。

が、相手も大したもの、刀で受けることなく刹那《せつな》に身を引いてかわす。

しかし、朝は洋杖をとめない。

振り打った重さと勢いにまかせて、くるり、と身をひるがえした。

そのまま極端にしゃがみこみ、相手の足首のあたりめがけて洋杖を回し打つと、相手は叫び声をあげて倒れこんだ。

仏蘭西　洋杖術《ようじようじゆつ》独特の上下二段の技である。

日本では薙刀《なぎなた》術でしか見られぬこのような技をまさか短い洋杖でなしえるとは、尋常の剣客では思いつきもしまい。

そう考え、腕力に乏しい朝が最も稽古《けいこ》した技である。

倒れた者の隣にいた浪人が「こん異国人、妙な技ば使うで気をつけぇ！」と声を上げたが、今度はその頭をめがけて跳躍しながら洋杖を叩《たた》きつける。

途端に、むうん、と唸《うな》り声を上げて倒れるその後ろから「いかんぞ。もう斬れ！斬ってしまえ」と叫び声が上がる。

途端、その賊が尋常ではない叫び声を上げたと同時に斬り込んでくるので、慌てて後ろへ倒れるように転がり、辛うじてよけた。

凄《すさ》まじい剣圧である。

背筋に冷たいものが走った。

とうてい自分の敵《かな》う相手ではない。

蛇に睨《にら》まれた蛙のように身体が動かぬまま、天高く剣を構えながら間合いを詰めてくる相手がゆっくり見えた。

斬られる。

朝が目を閉じた。その時である。

「やめ！　異国人を斬っとまた大変なことになっど」

別の声が上がった。

そうしてしばらく、己が斬られていないことを不思議に思いながら目を開けると、朝が初撃で転ばせた者が立ち上がり、まさに斬りかかろうとしている賊を必死に抱き止めている。

安堵《あんど》する間もなく、目で砂峰を追うがどこにもいない。

慌てて振り返ると、二人の賊に囲まれ蹴倒《けたお》されるところだった。

殴られでもしたのだろうか、顔から血を滴らせている。

当の砂峰はそれを意に介さず、しかし、

「それを決して割るな。貴様らの命にもかえられぬ貴重な物だぞ」

と、珍しく大きな声を出している。

見れば、賊の一方が、いつも砂峰が抱えている風呂敷包みを開けた。

出てきたのは木箱である。

「開けて中を確かめ！」

もう一人にそう言われ、賊が蓋《ふた》を持ち上げた。

朝は固唾《かたず》を飲んだ。

入っているのは長益の茶碗ではないだろうか。

しかし、賊が取り出したのは小振りの壺《つぼ》である。

「壺じゃなか。茶碗があっはずじゃ」

「なか。壺だけじゃ。もう片方は風呂敷だけで箱も何も入っとらん」

それもそのはず、その風呂敷に入っていた品物は先ほど会談した異国人に売れてしまったばかりだ。

その時である。

呼子の音が響いた。

騒動に気がついた誰かが番所にでも知らせたのだろうか。

「いかん。逃げっど！」

慌てたような声があがると、賊どもは蜘蛛《くも》の子を散らすように姿を消した。

朝は起き上がり、まず砂峰の元へ駆け寄った。

砂峰はやはり己の怪我を気にせず、這《は》うようにして木箱の方へ向かうと箱の中を覗《のぞ》きこんでから、安堵したように壺をしまった。

そうして木箱の蓋を閉めると、箱を守り抱くように覆いかぶさってそのまま動かなくなった。

声をかけても、肩を叩いても応えがない。

砂峰は気を失っていた。

そのあと、番屋の役人たちがやってきて砂峰を異聞館まで運び、朝も調べを受けた。

手当を受けた砂峰は目を覚ますと、顔色は悪かったものの、それでもしっかりした様子で役人の問いに応えていた。

朝が帰る段になると、山屋まで役人が連れ帰ってくれることになった。

部屋に戻った朝は汚れた洋杖《ステッキ》を磨きながら考えた。

なぜ砂峰が襲われたのだろうか。

「一目連」との繋《つな》がりが関係しているのだろうか。

砂峰に「ものづくり御前試合」に出られると困る輩《やから》がいるのだろうか。

昨日、異聞館の砂峰の部屋が荒らされたことと関係しているのだろうか。

わからぬ。

朝は深く息をつくと、茶を飲むことにした。

火鉢に鉄瓶をかけて湯の沸く間、朝は白のことを思った。

白なら昨日、今日に起きたことについてわかるのだろうか。

しかし、朝から会いに行くことはなぜかしらはばかられた。

会えば、自分が利用されているのか、そうでないのか、明らかになってしまうような気がするのだ。

湯が沸いても、朝は物思いにふけったまま、鉄瓶から湯気のわくのをただ眺めているだけであった。


幸い、砂峰の怪我は重くなかったようで、次の日には回復していた。

顔に痛々しく膏薬《こうやく》を張ったまま、異国人との会談を続けていた。

厄介なのは異聞館にやってくるロシェであった。

砂峰が襲われたことを知ってから、朝が品川宿で薩摩の話を聞いた時のように、目に暗い光が宿り、言うことも脅迫じみてきたのだ。

ついには「強情を張っていると、菟田屋さんが異国と商売できなくなりますよ。あなたの息子さんたちやその子孫も」と、呪詛《じゅそ》のような言葉まで出る始末。

それにも砂峰は「儂《わし》の息子は二人とも『菟田屋』の看板などなくても生きていけ

るように仕込んである。勝手にすれば良い」とはねつけていたから肝が太い。

結局、得るものもなく帰るロシェを見送ると、砂峰は長椅子に座り込んで眠るようにうつむいている。

見かねた朝が異聞館の給仕に言いつけて茶を出してもらうと、砂峰は顔を上げた。

「ありがとう。助かる」

そう言って茶を飲むと大きく息をついた。

「さすがに疲れた」

「ロシェさんとはうまくいきませんね」

「……朝殿はどのように物の価値が決まるか知っているか」

「物の価値、ですか。その物が使えるかどうか、でしょうか」

「うむ。それもある。しかし、物の価値などあってないようなものだ。色々な事情が重なって決まっていく。この器は誰が作ったか、とか、この道具にはこういう逸話がある、なども価値となっていく。そのうちの一つが物の出どころだ」

「出どころ？」

「うちの話で申し訳ないが、菟田屋が扱った古道具は価値が保証される。常に良いものを扱っているからそれだけの信頼を得ているのだ。代々、そうやって菟田屋が築いてきた名声、評判が、扱った物に価値としてしみつくのだ」

なるほど。

そういうことはあるだろう。

「それは値段に反映されることが多い。しかし、高ければ良いというものではない。値段は高くなったものの、その実、価値が落ちるということもあるのだ。そういうことが起きると商いが長続きしない。ただ一時の儲《もう》けに左右されて、その文化を食い潰《つぶ》してしまうだけだ。結局、長続きした方が儲けが多いということになる。『商い』というものは育てなければならんのだ」

砂峰が早々に茶を飲み終わったので、朝はもう一杯もってくるように異聞館の者に頼んだ。

朝が戻ってくると砂峰はまた話し始めた。

無駄話をしない砂峰には珍しいことである。

「失礼ながら、朝殿には異国の血が混じっていると初めて会った時に聞いたが」

「父が米利堅人でございます」

「そうか……朝殿の目から見てこの国を、日本をどう思う？」

「どう、とおっしゃるのは？」

「国を開き、世界のなかで欧州の国々、米利堅、そのような異国に囲まれて、なお『日本』であり続けることはできると思われるか？　儂たち日本人は『日本人』であり続けられると思われるか？　それともこの国はなくなってしまうか？」

「……僕はただ、見た目がこういう風なだけで異国に渡ったことはありませんから、わかりません。残念ながら」

「わかる、わからない、という話ではない。どう思うか、という話だ」

朝は困惑した。

「父に聞いたところでは……」

「朝殿の父君のお話もぜひうかがいたいのはやまやまだが、儂はいま朝殿がどう思うかを聞きたいのだ」

砂峰は朝の目をまっすぐに見た。

まるで心の底を覗き込んでくるようである。

そのまなざしは誰かに似ていた。

感九郎だろうか。

師匠がとくに伝えたいことを口にする時には、必ずこちらをまっすぐに見てくる。

「あくまで僕の、ただ思ったことではありますが……武力の話になってしまうと難しいと思います」

砂峰はうなずいた。

生麦事件を契機に、薩摩と英吉利がした戦いは惨敗だった。

そもそも火力が違うのである。

「同時に、異国が日本の物品や書画、それをつくる人々のことを評価しはじめているのも事実と思います。日本の器や書画の買い付けをするときの通詞をしてくれという依頼が、僕のところにも多くきますから」

砂峰はまたうなずいた。

その目の奥で何を考えているのかはわからぬ。

ゆっくりと朝は首を振った。

「しかし、そのような文化的なことというのが異国との交わり、外交の中でどれだけ力を持つのか、僕にはわからないのです」

砂峰は三たび、うなずいた。

そうしてしばらく黙っていたが、そのうちに吶々《とつとつ》と語り始めた。

「朝殿の言う通りだ。日本の文化が外交で力を持つには、それが財力に関係していかねばならぬ。結局、金なのか、という話になるかも知れぬが、それだけではない」

砂峰の言葉は不思議な響きをともなっていた。

もしかしたら、この人は僕を育てているのかもしれない。

商いを育てるのと同じように。

砂峰は茶を一口飲んだ。

「結局、物品やそれをつくる文化の価値を高めていかねばならんのだ。これからの時代は、それらの出どころである『日本』の風評を高めなければならぬ。儂たち『菟田屋』がそうしてきたようにな。そのためにはただ金儲《かねもう》けをする輩《やから》に価値のあるものを渡してはならぬのだ」

砂峰はそう言うと、朝をじっと見つめた。

第六章　朝、息が浅くなる

小綺麗《こぎれい》に片付いた感九郎の部屋の畳の上に、並べられている品々が、行燈《あんどん》の光に照らされている。

メリヤス手袋。

メリヤス首巻き。

メリヤス足袋。

刀の下げ緒。

帯締め。

組紐《くみひも》の数々。

巾着《きんちゃく》のような袋物。

丁寧につくられたそれらを見て、朝は感嘆のため息をついた。

砂峰から暇をもらい、この夕方に蔵前の墨長屋敷に戻ってきたばかりである。

感九郎とともに寿之丞のこしらえた夕餉《ゆうげ》を食べながら「仕組み」の今後について話していたのだが、ひと段落ついたところで感九郎に相談をもちかけられた。

たしかに横浜へ向かう前に頼まれていたことである。

連れられて感九郎の部屋へ行くと、待っていたのがこの光景であった。

「師匠、これ全てを墨長屋敷にいらしてからつくったのですか！」

「元からつくりかけ、編みかけのものもあったのだ。組紐などは以前組んだものを
仕上げただけであるしな。そこまで驚くほどのものではない」

それでもさすがと言う他はない。

感九郎が来てからひと月もたっておらぬ。

朝ならばメリヤスものの一品もできておらぬだろう。

感九郎は座布団に座り込み、メリヤス手袋の編み地を確かめるように伸び縮みさ
せている。

「毎日コツコツとな。早く帰ってこられる日もあったから、久しぶりにメリヤス三《ざん》
味《まい》の夜も過ごせたぞ」

「尋常ではありませんね」

「ふふふ……ただ好きなだけなのだ。ここにはよりがいないからな。遅く帰っても

寝る前にひと編みできるのだ。子どもは可愛いが、手仕事をするには難しいな。早く寝かしつけて編もうとすると、こちらも一緒に寝てしまう。かといって、眠らぬように気をつけていると、いつまでたっても寝てくれぬ。寝たかと思って手仕事をしようとすると起きてしまう」

そうは言っているが、どこか嬉《うれ》しそうだ。

「それでご相談というのは」

「これらを見てどう思う」

「ひょっとして『ものづくり御前試合』のためのものですか！」

「そういうわけではない。まずは手を動かしてみないと頭も働かぬ性分をしているのだ。今回の『仕組み』が万国博覧会に絡む以上、ものをつくるという点においてそれがどういうものなのかわかった方が良いのではと思ってな」

朝は感九郎の思慮深さにまた、へえ、嘆息した。

「いやいや、大したことではない。それに元より、この屋敷で私は手仕事担当だからな。奇妙な縁とはいえ、できることはやっておきたいのだ。特に今回はコキリがあのざまであるし」

感九郎はそう言って苦笑した。

小霧の恋路は難航しているらしく、先ほどの夕食にも姿を見せなかった。

やはり、今回の「仕組み」は小霧がいないまま進めなければならぬらしい。

夕食時に朝が横浜で探ったことは報《しら》せたのだが、白のことは話には出さなかった。

砂峰の通詞になれたのは白のおかげだが、それを伝えなくても話の筋は通るうえに、なぜかしら言うのがはばかられたからである。

長益の茶碗《ちゃわん》についてもロシェが話にあげたものだから、白から聞いたことを話さないでも、これまた話が通じる。

白の持っている最後のかけらについては話す必要がない、と朝は思っていた。

それにしても、長益の茶碗が砂峰の手にあるのか、あったとしても出品されるのか、はっきりとわからないことが多すぎる。

結局、寿之丞と朝の二人がまた横浜へと向かい、さらに探った上で事を起こすことになった。

「一緒に横浜へ行けぬ私ができることといえば、こういうことくらいなのだ。全く役に立たぬかもしれぬのが心苦しいがな」

普段であれば仕事にかこつけて横浜へ向かうこともできるらしいのだが、「魚吉」が焼けた今、江戸を離れるのが難しいらしい。

しかし、そもそもその火事がなければ「仕組み」の片棒を担ぐこともなかったのだから気にすることはないはずで、それでもこのように考えるのが気の優しい感九郎らしい。

「とんでもありません。僕は師匠とともにこうやって過ごせるのがとても嬉しいんです」

「朝は本当に人が良いな」

そう言われて朝は笑ってしまった。

人の良さで感九郎の右に出るものはなかなかいない。

当の本人はなぜ笑われたのかわからぬような顔をしていたが、朝はそれを尻目《しりめ》に畳の上のメリヤス手袋を手に取った。

「師匠は本当に丁寧ですね」

「そうか。しかし、異国ではこのような品々を見る目も違うだろうから、朝の意見を聞きたいと思った次第」

「僕が申し上げることではないとおもうのですが……素晴らしい出来栄え、と感嘆しております」

それは師匠への世辞ではない。

一目一目、一手一手が丁寧につくられているし、意匠も見事なのだ。何の変哲もない手袋も、野暮ではなくすっきりと見えるのは細かいところの工夫なのだろう。

「そう言ってもらえるのは有り難いのだが、私が聞きたいのは『これらの品が万国博覧会のような場でどう思われるのか』ということなのだ」

そう問われて、朝は自分の額をなでた。

難しい。

「……その、この間も申し上げたとおり、僕はいまだ異国の地を踏んだことがなく、そのようなことは分かりかねるのですが」

「そう言わず、朝がどう思うか話してくれるとありがたい。朝は、私たちとも異国人とも違うものを持っているはずなのだ」

感九郎は砂峰と同じようなことを言った。

やはり二人は似ているように思える。

「ただの感想になってしまいますが、本当に良いのですか」

「良いのだ。思ったことをなんでも言ってほしい。私の作った品を見て、異国人はどう思うかな」

「これだけ丁寧なつくりであれば評判は良いのでは、と思いますが」

「メリヤスについてもか」

「はい。師匠のメリヤスは、米利堅でもなかなか見られないほど綺麗《きれい》だ、と父が言っておりました」

朝の父、ロジャーは感九郎の手仕事に惚《ほ》れこんでいて、自分のメリヤス服の直しを高額で依頼するほどである。

いわゆる贔屓《ひいき》なのだ。

「そこなのだ」

「そこ？」

「いや、いま朝は『米利堅でもなかなか見られないほど綺麗』と言ったな。それは同時に、異国の方が本家だ、ということではないのか」

「それは……そうですね」

当たり前の話である。

メリヤスは異国から渡来したものづくりの文化なのだ。

「そうすると、いくら私が良いメリヤス品を編んでも、『所詮《しょせん》は日本でつくられたもの。我々のメリヤスの方が本家だ』という目で見られないか」

「いや……そんなことは……」

十分ありそうである。

朝は不承不承、うなずいた。

「そうか。気にはせんでくれ。元来、私はそう思っているのだ。江戸で評判の良い上方《かみがた》料理屋に、西国の者が来て舌鼓を打ち、『江戸にしては美味《うま》い。上方でもこれだけの味はなかなか出せない』と言うこともあるだろう。しかし、その言葉は『上方料理は京《きょう》、大坂《おおさか》が本場』という気持ちの裏返しに過ぎぬ。それと同じなのだ」

「……師匠のおっしゃる通りと思います……が、こちらの組紐《くみひも》の品については日本の文化。異国でも、万博のような場でも評価はされるかと」

「そうも思えるが、実はこちらもまずい」

そう言って感九郎は組紐を摘み上げ、朝に渡した。

見れば見るほどに見事に組めている。

「僕には素晴らしい出来に思えますが」

「いや、こういうものは名工、名だたる職人、由緒のある店、その他さまざまな名がついて回るのだ。伝統のあるものづくりには必ずあることだ。そして、その中では私は格の低い、内職仕事をする者の一人にすぎない」

「そんな！　神田の口入屋さんは師匠の腕をとても買ってくれているではないですか。品物に師匠の銘をつけて売るくらいに。師匠を贔屓にしてくれているお武家様も商人もいらっしゃったと聞いています」

「それは私のつくる品のことを評価してくれる人たちがいた、ということなのだ。それはありがたいのだが」

「ならば」

「いやいや、『名』の話で言えば『将軍家御用達』の下げ緒や『代々続く名工の家』の帯留めには、私のつくった組紐など敵《かな》わん。たとえどれだけつくりや意匠で勝っていてもな。『名』とはそういうものなのだ。逆に、そういう『名』がついていなければ、万博のような場に出る前に、この国にある無数の物品の中に埋もれてしまう」

感九郎がそう言いながら、巾着《きんちゃく》のような袋物を取り上げて朝に渡した。

えらく上等そうな布地でできている。

「とくに丁寧につくってありますね」

「これは仕覆という。茶の湯で使う茶碗《ちゃわん》やら何やらをしまう袋だ。本来は袋物の職工、袋師がつくるが、茶人が仕立てることもある」

「数寄者《すきもの》は茶のために針まで持つのですか」

「茶道では重んじられていてな、それぞれの茶碗にきちんと合うように仕立てる。ゆるすぎず、きつすぎずにだ」

「まるで服みたいですね」

「本当にそうなのだ。しかも、使う布を裂地《きれじ》といってな、名物とか大名物とか呼ばれているものはやたらと高価だ。ものによっては蔵が立つほどの金額だ」

「なんと……」

「古い布地できれいなものは少ないうえ、『昔の偉い人がつくらせた』とか『あの有名な誰それが持っていた』などといういわれがついていると天井しらずだ。『龍《りゅう》文金襴《もんきんらん》』や『人物天馬文経絣《じんぶつてんばもんたてかすり》』などが大名物裂では有名だな」

本当に好きなのだろう、感九郎は微笑みながら話している。

朝はその内容だけでなく、師の知見の深さに感心した。

「では師匠が仕立てたこの仕覆も」

「これはただの布地。『魚吉』にある茶碗にあわせて、余り物の布地で仕立てただけだ。茶碗と相まって良い景色になるように仕立てたが、万博だの御前試合だのに出品するには布の時点で不足しているのだ」

見るに上等そうなこの布地でもそうなのか。

「結局、材も及ばぬうえ、つくるのが『名』のない私だと歯牙《しが》にもかけられぬ。『何をつくるか』『何をもちいてつくるか』の方が大事なはずだが、その前に『誰がつくるか』『誰が扱うか』で判断されてしまう」

朝は砂峰から聞いた話を思い出した。

物品の「出どころ」が価値になると言っていた。

語り口は違えど、二人はやはり似ている。

「ものをつくるということには、常にそういう話がつきまとう。『名』だの『伝統』だの『格』だの、なかなかに煩わしいのだ……だからこそ、朝がつくった首巻きは良いのだがな」

急に例の首巻きの話になった。

白に「古道具屋で売っていたのかと思った」と言われたあの首巻きである。

「なぜその話になるのですか」

「朝にもあの首巻きにも、いま言ったような『名』はないが、十分に面白い。あのようなつくりは他にないのだよ」

「それは、下手に作ったものの寄せ集めだと言うだけじゃないですか」

「そんなことはない。横浜で『呼び継ぎ』の茶碗に縁ができたのだろう。『呼び継ぎ』にも凄《すさ》まじい価値が出ることがある。朝の首巻きは糸や布の『呼び継ぎ』だ」

「そんな……」

「それにな、もともと『片身替わり』という手法がある。服の右と左で違う反物を使うから左右で柄が違う服が出来上がる。『呼び継ぎ』とは違うが、どこか似ている……ああ、仏教の袈裟《けさ》はもともとは『糞掃衣《ふんぞうえ》』といって、いらなくなった布を都合に合わせて裂き、それを必要な大きさになるように縫い合わせたものだ。良いか、朝。そういうつくりのものは元々あるのだ、しかもとても古くから」

さすがは感九郎である。

次から次に飛び出す手仕事の知識におされ、朝はうつむいた。

「でもそれならやはり僕の首巻きなど珍しいものでは……」

「いや、とはいえあの首巻きのようにメリヤスや刺し子や、さまざまな手仕事でできた布地、編み地をそうやってとじはぎしたものなど、私は見たことも聞いたこともない。ものづくりの着想として面白いのだ。あの首巻きは良い品なのだよ……ん？」

途端、まくし立てるような早口で喋《しゃべ》り続けていた感九郎が口をつぐんだ。

眉根《まゆね》をよせ、顎《あご》をなでている。

かと思えば、今度はやにわに納得したような顔をして何度もうなずいている。

「うむ、うむ……手間をかけたが、おかげで随分と助かった。ありがたい」

そうして、畳の上の品を片付け始めている。

朝は置いてけぼりにされたような気になりながらも、顔の前で手を振った。

「そんな。僕は何もしていません」

結局、感九郎にものづくりの話をしてもらっただけのように思える。

「いや、朝から大事な手がかりをもらった」

「手がかり？　いったい何のですか？」

「ものづくりの『隙間』についてだ」

わけがわからない。

唖然《あぜん》とする朝を尻目《しりめ》に、感九郎は微笑んでいた。


その次の日、朝は寿之丞とともに横浜へと向かった。

とんぼ返りである。

寿之丞は「一日くらいは休むと良い」と言ってくれたが、どうにも気が落ち着かない。

白とのことが気になるのだ。

まるで利用されたような気になり、怒ってしまう。

品川宿で泊まった翌朝、これからは朝のような考えが必要かもしれない、と言われたことを思い出し、頑張ろうと思う。

あんな頼まれごとをされたのはもしかしたら信頼されているのかもしれぬ、と思って嬉《うれ》しくなる。

気にしすぎなのは自分でもわかるが、どうしようもない。

江戸にいて休んでいても気持ちがざわつくだけであるから、いっそのこと横浜へ砂峰を探りに行った方がまだましである。

「しかし、そのロシェという仏蘭西人は胡乱《うろん》だのう」

道すがら、寿之丞が訝《いぶか》しげにそう言った。

「事情に詳しすぎる。勘に過ぎんが、誰かがロシェに入れ知恵をしているような気がするのう」

「そうだとして、いったい誰なのでしょうか。『一目連』や薩摩藩は菟田屋の後ろ盾についているはずですから、それらと敵対する勢力でしょうか」

朝がそう言うと、寿之丞は腕組みをした。

「ううむ、そうすると、隠密をはじめ幕府側でそういう事情を知る者といったところだろうが、そうではないような気がするのう。幕府が今回の『一目連』や薩摩の動きに勘付いているかどうかもわからんのだ」

たしかにロシェが長益の茶碗を手に入れようとしているのは少々おかしい。

白の話によれば、茶碗《ちゃわん》があったとしても証明ができぬ、真贋《しんがん》のはっきりせぬものらしい。

そのようなものを、日本の道具屋や古物商が求めるのは不思議ではないが、ロシェのような異国の商人が追うのは不自然ではないだろうか。

手にしたとて、値を高くして売ることが難しそうである。

もし異国では物の真贋などとは関係なく値段がつくのだとしても、そうするとなぜわざわざ見たこともないような長益の茶碗などを追い求めるのだろうか。

そう考えると、寿之丞の勘も当たっているように思える。

何者かが、もしくは何らかの一味が、長益の茶碗を手に入れる意味は何なのだろう。

菟田屋、もしくは菟田砂峰の妨害をしたいのだろうか。

「それがしの勘が正しければ、ロシェの後ろにいる者が誰かがわかれば、色々なことが明るみに出よう。朝、隙あればそれも探れるか？」

朝がうなずくと、寿之丞は「それがしも色々と調べをしてみよう」と言った。

そんな話をしているうちに横浜へ到着したのはすでに日が落ちた後である。

逗留《とうりゅう》するのはまた山屋にした。

すぐに横浜へ戻るつもりであった朝は、部屋をとったままだったし、滞在先として感九郎に伝えてあるのだ。

寿之丞は離れの別間を取り、それぞれに休むことにした。

「夕餉《ゆうげ》はどうするかのう」

「僕はそのあたりで軽くすませようかと思いますが」

「うむ、朝が一人で大丈夫なら、それがしはこの辺りを探りながらどこかで酒を飲むとしよう。土地勘も少し鍛えたいしのう」

いずれにしても朝も寿之丞も見目が目立つ。

二人で一緒にいるところを周りに見られない方が、「仕組み」の準備としては良いだろう。

話が決まって帳場の前で散会となり、寿之丞は部屋へ向かい、朝が外に出ようとすると、誰かが帳場の奥から小走りでやってきて元気な声を張り上げた。

「お帰りなさいませ！　朝様！」

見れば、あの丸い鼻をした愛嬌《あいきょう》たっぷりの女中である。

「朝様、どなたですか？　あの、とんでもない髷《まげ》の殿方は」

そう問われても、仕事仲間です、と答えるわけにもいかぬ。

挙句、うまい言い訳も出せずに「まあ、その……」と口を濁すことになった。

すると女中は指がどこかへ飛んでいきそうな勢いで手を、ぶんぶん、と振った。

「いいんですいいんです！　無理やり聞こうなんて思ってもいませんから。そんな野暮では横浜の旅籠《はたご》で働くことはできませんからね。言わぬが花ですよ、朝様」

そう声を高くしてにこにこと笑っている。

何を言われているかもわからぬので会釈して山屋を出ようとすると、後ろから「色男の異国人と年上の傾奇者《かぶきもの》……いいわあ」と呟《つぶや》く声が聞こえた。

振り向くと、もう女中の姿はない。

朝は首を傾げながら山屋を出た。

この間、横浜へ来た時に白がいた居酒屋へ行ってみたが、姿は見当たらなかった。

良いのだ。

別に捜しに来たわけではない。

そのままここで夕餉を取ろうとも思ったが、存外に混んでいて席が空いていない。

仕方なし、別の料理屋にでも行こうと店を出ようとしたところで肩を叩《たた》かれた。

「おい、朝じゃねえか」

聞き覚えのある声に振り返る。

細面に目立つ細い目に広い額。

逆八の字のまっすぐな眉《まゆ》。

着流し姿の肩に羽織る薄い布。

「白さん！　白さんじゃないですか」

「声がでけえよ。こんなところで何をしている」

「何って、ご飯を食べようと思って」

「酒飲みのたまり場にか。飯なら他にもあるだろうに」

朝は黙った。

白を捜しに来たわけでは決してないが、その姿を期待しないではなかったのだ。

言うほどのことにも思えぬので、結局口をつぐんだのだが。

「それで、飯はすんだのか」

「いえ、残念ながら店が混んでいて」

そう言うと、ちょっと待ちな、と言い残して店に入ると、何やら給仕と話をしてからすぐに出てきた。

「入りな」

「えっ、席があるのですか」

「一見客は入れねえが、奥に座敷がある」

そう言って、また店に入って行ってしまった。

朝は慌てて追いかけた。

奥座敷は店の間と違い、実に静かで、そして瀟洒《しょうしゃ》につくられていた。物の良さそうな屛風《びょうぶ》に、深山の木々が描かれているのが実に見事である。行燈《あんどん》の昏《くら》い光に、その絵が浮かび上がっていて幽玄としている。

そこへ差し向かいになって、二人は座った。

「ここはな、異国人との密談をする時に使ったりするんだ。まあ、俺は常連だからな、空いてる時には一人ででも使わせてもらってる」

「ひょっとして、最近、どこにも見かけなかったのはここに入り浸ってたからですか」

「うん？　ああ、身を隠せるところはいくつかあるからここだけじゃねえがな。俺につなぎをつけたいときにはつけられるよう、色々教えただろう。つなぎつけてくれりゃお前さんならいつでもここに来れるようにしておいたんだぜ」

そうなのか。

すっかりと、白が自分を避けているのでは、会いたくないのでは、と思い込んでいた。

どうやら勘違いだったようである。

「こっちはお前さんが来ないから、悪いことしちまったな、と思ってたんだ」

「悪いこと？」

「砂峰を探ってくれなんて頼んじまったからよう」

「そんな」

「いや、俺の大願を叶《かな》えるためとはいえ、お前さんを利用するようなことを言っちまったな、と後悔しているんだ」

大願。

朝は問うた。

「長益の茶碗のことですか」

「それも大願のためだ……何だか気恥ずかしいな」

「恥ずかしい？　白さんにも恥ずかしいことがあるんですね」

「ふん。人には皆《み》んな、恥ずかしいことくらいあらあな。とくにお前さんには品川宿で会った時に勢いに乗って『甘《あめ》ぇ』だの『口で言うようにはうまくはいかねえ』だの言っちまったからな」

「いえ……白さんが言ったことは事実ですから」

その時、やおら襖《ふすま》がひらいて、白の酒肴《しゅこう》と朝の膳《ぜん》が運ばれてきた。

早速、白は手酌で酒を注ぎ、盃《さかずき》をかかげた。

「今日は呑まなくていいぜ」

「と言って、僕の食べるものをまた取るんでしょう」

「ああ、たしかにそのあら煮はうまそうだ」

「ならば白さんの湯豆腐を半分いただきますからね」

「ああ、食え食え……と、お前、ほとんど取っちまってるじゃねえか。ここの湯豆腐は横浜一、美味《うま》いから俺《おれ》ぁ楽しみにしてるんだぞ」

「……ああ、本当に美味《おい》しいですね。なんですか、この豆腐は」

すべすべして口の中で溶けるようなのに、豆の味が濃い。

そう言うと、白はにやりと笑った。

「お前さん、なかなかの豆腐っ食いだな。この豆腐食わせても味がわからねえやつもいるんだぞ。次はそのたれじゃなくてこっちの塩だけで食ってみろ。より味がわかるってもんだ」

「……確かに。湯豆腐を塩で食べるなんて考えたこともありませんが、これは見事な味」

「豆腐もいい職人が作ってるんだがな、この湯豆腐の汁はほとんど酒で、それを煮切ってから豆腐を入れているらしい」

「酒をそんなに！　聞いたことがないですね」

「本来は港に上がる木端《こっぱ》みたいな雑魚《ざこ》や貝を酒だけで煮て鍋《なべ》にする漁師の料理があるらしくてな、それを湯豆腐でやってみたらやたらと美味かった、というのが発祥らしい。酒が元だから肴《さかな》にもってこいなんだろうな」

「ご飯にも合いますよ」

「まあ、酒は元は米だから合わねえはずはねえだろう……ああ、このあら煮もうまいな。こういうものにも酒を相当に使っているのがこの店の味の秘訣《ひけつ》なんだ」

あまりに湯豆腐を美味しい美味しいと言って食べているせいか、それとも自分も食べたかったのか、白は湯豆腐をもう一つ頼んだ。

そうしてしばらく朝も黙って食を進めていたのだが、やはり静かに酒を呑《の》んでいた白が出し抜けに口を開いた。

「俺はこの国を高く、高く売り出してえんだ」

「何ですか、突然」

「さっきの大願て奴だよ」

「白さんは日本を売り飛ばしたいんですか？」

「逆だよ、逆。どの国も、どんな金持ちも買えねえくらいの高値をこの国につけてえんだよ」

そう言う白の声は大真面目であった。

微塵《みじん》の遊びもない。

白は酒盃《しゅはい》をあおった。

「俺の考えでは、早晩、この国は日本でいられなくなる。もし、名やらていやらが残ったとしても、先人が築きあげてきて俺たちに託した日本は壊されちまう」

まるで挨拶《あいさつ》がわりの世間話をするようである。

だが、胸に響いた。

こういう声を出す者は、真っ当すぎて世を渡れなくなる。

いつもの白にまるでそぐわないが、こちらが心の底のようにも思える。

「でもな、そんな時でも金は金だ。それまでと同じようにはばがきく。だからな、もしこの国が、この国の物やら文化やらに、他の国とくらべようがねえほどの高値がつけば、日本は壊れねえで済むかもしれねえ」

「……白さんは」

朝はやっと声が出せた。

白の声があまりに真面目で、口が挟めなかったのだ。

「この国に壊れてほしくないんですね」

「俺みたいな浮ついたやつは、この国が壊れても仕方ねえ、って思ってるもんさ。異国の強さを知りゃあ、その流れにはあらがえねえ。そんなことに刃向かうのは馬鹿のすることだ」

「ならなぜ」

すると、また白は手酌で酒を注いであおった。

そうしてゆっくりと盃をかかげて、つぶさに眺めはじめる。

「しかし、俺はずるい奴だからな。こういう何でもないうつわで、明日《あした》も酒を呑みてえって欲があるだけさね」

「何でもないうつわ……」

「ものをつくるのは名声のある職工だけじゃない。名の出ない職人たち、そして職人ですらない大勢の者が日々、手を動かしている。じゃあそいつらがつくったものが価値が低いかというと、とんでもない。実に丁寧なつくりだと、異国の奴らが驚いている」

白はこちらへ盃をつきだした。

「こういう何でもなさそうなうつわも、きちんと見りゃ良いつくりなものが少なくねえ。それが日本の文化だ……だが国が壊されちゃあそれもなくなっちまう」

頃合いよく追加の肴が運ばれてきた。

七輪の炭火にあおられて、豆腐が汁の中でゆらゆらとゆれている。

二人は口をつぐみ、しばらくそれを見つめていた。

口を開いたのは朝である。

「砂峰のところに長益の茶碗《ちゃわん》があるかどうかはわかりませんでした」

「どうしたいきなり」

「いえ、別に……」

朝は口ごもった。

なぜそれを話し出したのか、自分でもわからなかった。

「……しかし、こんなことがありました」

砂峰の部屋が荒らされたことと、浪人たちに襲撃を受けたことを話すと、途端に白の顔が険しくなった。

「そいつは剣呑《けんのん》だな。お前さんに怪我はなかったのか」

「それは大丈夫だったのですが」

そのまま詳しく、砂峰がいつも持ち運んでいる風呂敷包《ふろしきづつ》みの箱の話をした。

「中から出てきたのは壺《つぼ》で、茶碗ではありませんでした」

すると白は口に手を当てて何かを考えるようなそぶりで黙っていた。

「ああ、あと、長益の茶碗を狙っている仏蘭西人がいて、ロシェという商人なのですが」

「ああ、ロシェは俺の仲間だ」

「ええ！」

「品川宿で朝と初めて出会った日、あれは俺がロシェに会いに行ったんだ」

朝は絶句した。

「……あの日、僕もロシェさんに呼ばれて品川へ行ったのです」

途端に白の目が細く、鋭くなった。

「何を話した」

途端、ロシェの暗い目が朝の脳裏をよぎった。

――通詞にとって一番大事なのは秘密を守ることです。

「いえ……日本での茶器の買い付けについて聞きたいというので呼ばれたのです。もともと、雇われて通詞をしたことがあって信頼していただいていたみたいで」

「そうか」

「……ロシェは何の仲間なのですか」

「なあに、仲間というか、長益の茶碗の話をしただけだ。砂峰の元に茶碗があるかどうか、ああいう形で揺さぶってみようかと思ってな……俺にしてみたらロシェが茶碗を手に入れても、それが日本の価値が上がる形で異国に出りゃいいんだ。大事な最後のかけらは俺が持っているから、後からどうにでもできるしな」

「ひょっとして、異聞館の部屋を荒らしたり、砂峰を襲ったのも」

「いや、そりゃ俺じゃねえ」

そう言ってまた黙ってしまった。

仕方がないので朝はすっかり冷めたあら煮で遅い夕餉《ゆうげ》を食べ終えた。

白は新しい湯豆腐に箸《はし》もつけずに何かを考えている。

「……朝よ」

「どうかしましたか」

「頼みがある」

朝は白を見た。

やはり利用されているのだろうか。

「そう睨《にら》みつけるない。信頼しているお前さんにしか頼めないことだ」

「まずはその頼みというやつを聞かせてください」

口を開いてみて、その声がやたらと硬いのに自分で驚いた。

白は小さくかぶりを振った。

「聞いて嫌なら断っていい」

「もちろん、そうさせてもらいます」

「俺が考えるに、長益の茶碗は砂峰が常に持ち歩いている」

「そうでしょうか。風呂敷包みの箱の中は壺でしたよ。他に箱はありませんでした」

「元々、あの茶碗に箱やら仕覆やらは作られてねえんだ。世に出されなかったからな。砂峰が仕覆や箱を用意しているかもしれねえが、俺の読みだとそれはない」

「箱や仕覆に入れずに持ち歩いているんですか」

「まあ、どうにかしてるんだろう。もし部屋を荒らしたやつが茶碗を捜していたとして、見つけられねえのはおかしい」

「見つけたのかもしれませんよ」

「そのときは砂峰が騒ぐはずだ。世に出れば尋常な値ではないからな。それに、あの道具は買い手がほぼ決まっている」

「幕府ですか」

「！……それをどこで」

「ロシェが言ってました」

「あの仏蘭西野郎、そんなことを漏らしたのか……まあ、仕方がない。そうだ。あれは幕府に売るために砂峰が手に入れた物なんだ」

「『ものづくり御前試合』に出品するのですか」

「おい、それはロシェには伝えていないぞ。お前さん、どこまで知っているんだ」

「僕は混じり血です。異国人とのつながりも日本人とのつながりもありますもので、どちらかにしか己を置かない人には見えないものが見え、聞けない声を聞きます」

その台詞《せりふ》はロシェの真似事である。

聞いてから、自分も言ってみたかったのだ。

異国人の風貌《ふうぼう》をしているというだけで普段あれだけ酷《ひど》い扱いをされているのだから、少しでも元をとっておきたいという気持ちもあるのは否めない。

そんな理由でも、しかし、白は納得したらしい。

「お前さん、俺が思っていたよりやるな……今まですまなかった」

「？……何をですか」

「正直、俺はお前さんのことを侮っていた。若くて甘ちゃんのただの通詞だってな。それでも異国語には堪能《たんのう》だし、人も良さそうだから可愛がってやろう、とそれくらいに見ていた」

「僕はずいぶん上から見られていたんですね」

「そういうわけじゃねえ。俺のほうが場数を踏み、たくさん儲《もう》けてきている。それが自然だっただけだ……しかしな。見直したぜ。お前さんはただの通詞じゃねえ。頭はいいと思っていたがそれだけじゃねえ。耳も聡《さと》い。勘もいい。まるで隠密か間《かん》諜《ちょう》だ」

　そう言われて気がついた。

　間諜の血は父からゆずり受けたものだろう。

　結局、父の子なのだ。

「異国とやり取りをする同胞として頼みたいんだ。仲間としてきちんと報いる。金でもってでもそれに見合ったものが渡せる」

「まず、その頼み事の中身を教えてくれませんか」

「砂峰と外に出た時に、例の風呂敷包みと砂峰を引き離してくれないか」

「引き離す？」

「ああ、ほんのわずかに時を稼いでくれ。その間に俺が長益の茶碗《ちゃわん》を捜し出す」

「そんなことができるのですか」

「たぶんな。やってくれるか」

「少し時間をください。人と相談します」

「おい、他言無用だぜ」

「協力者が必要です。白さんのことはその人には話しません。もしそれができないのなら、僕だけでは無理です。お断りさせていただくことになります」

白はひと唸《うな》りして目をつむったが、すぐに「わかった」と声を上げた。

「どちらにせよお前さんに頼むしかねえんだ。やり方はまかせる。ただ、茶碗を割らねえようにしてくれ」

そうして目を開けると、朝に顔を近づけた。

「朝、信じてるぜ」

そう囁《ささや》く白の目は、すぐそこにあった。

ここまで近づくと、悪い奴の目なのかどうかわからぬ。

そのうちに、ふいっ、と身を引いて酒を呑《の》む白の姿を見ていて気がついた。

ずいぶんと息が浅くなっていたことを。

第七章　朝、立ち尽くす

「つまりはそれがしが何かをして、砂峰がその風呂敷包《ふろしきづつ》みを手放すように仕向ければ良いのか」

寿之丞が訝《いぶか》しげにそう呟《つぶや》いた。

小声である。

時は翌朝。

山屋の茶屋で朝粥《あさがゆ》を出してくれるというので、二人で朝餉《あさげ》をとっている。

もちろん、差し向かいではない。

小上がりに二つの膳《ぜん》を置き、背中合わせで座っている。

朝も早いのでまだ他に客もいないが、一緒にいるのをあまり見られぬ方が良いという考えである。

そのため、茶屋に来るのも時をずらしている。

「そうなのです……できるでしょうか」

「できるできないはまた別に考えればいいのだが……本当なのか、砂峰がその長益の茶碗を『ものづくり御前試合』に出品する予定だというのは」

「本当と思って良いと思います。ロシェとやりとりをしている砂峰の言動や振る舞いを見ていてもそうではないかと思いますので」

「しかしのう……そもそも大丈夫なのか、その協力者とやらを信用して」

「信用も何も、長益の茶碗が砂峰の手からなくなればよいのですよね。僕たちの手に渡る必要はあるのですか？」

「いや、それはない。御前が受けた『仕組み』の依頼は、来年の巴里万博で何かを企《たくら》んでいる『一目連』や薩摩藩の思惑がはずれるようにしてくれ、というものだからな。そこに与《くみ》する『菟田屋』が、『ものづくり御前試合』に出られなくなったり、失敗したりするように仕向ければいいのだ」

「ならば、もしその人が悪党だとしても、こちらとしては砂峰から長益の茶碗が奪われれば良いのではないですか」

「それはそうだが」

「あと、物が見つかったとして、それが本物の長益の茶碗かどうかは、その人でないとわからないのです」

おそらくそうなのだ。

朝や寿之丞では見当もつかぬだろう。

白にしても、件《くだん》のかけらをあてにしている向きがあった。

寿之丞は何事か考えている様子である。

「むう……確かにこちらには確かめる術《すべ》はないのう。『仕組み』で茶碗を奪ったとしても、偽物なら意味がない」

「ならば」

「いやいや、朝の言うことはわかるのだ。漁夫の利ということもある。そやつと砂峰との不仲を利用するのは策としては良いのだが、ちょっと気になる」

「何がですか」

「いや、どちらかといえばこちらが利用されているような臭いがするのだ」

朝は胸をつかれたように感じた。

やはり、自分は白に利用されているのだろうか。

「……そんな」

「いや、こういう策は『お互いに利用し合う』のだから、気にしすぎることではないのだが、手綱を向こうに握られている気がするのだ。朝を砂峰のところへ送り込んだのもそやつなのだろう」

「……それはそうです」

「ううむ、悪い話ではないのだが、何かが気になるな。そいつの素性はなんなのだ」

「異国人に日本の品を売る、古道具屋だそうです。喋《しゃべ》る英語も仏蘭西語も、僕の耳にはきちんと異国人とやり取りをしている人の発音に聞こえました」

「そのところは朝が言うなら間違いないだろうのう。どうやって知り合ったのだ」

そう問われ、言おうか言うまいか迷った末に、朝は口を開いた。

「以前に助けられたことがあるのです……あと、僕を通詞として雇っていたロシェの、商い仲間なのです」

「むう。縁があるようだの、そやつとは……よしわかった。他に良い案があるわけでもなし、朝の策に乗ってみるかのう」

「良いのですか」

「万が一そやつが悪党だったとしても、朝の言う通り『苑田屋』が『ものづくり御前試合』に出られなくなれば良いのだ。うまくいけばよし、仕損じても今と一緒だ。それに、朝の言う通り、それがしどもでは茶碗の真贋《しんがん》はわからん。分があるのはそやつだ。少々手綱を握られても仕方がない」

寿之丞がそう言うのを聞いて、朝は嬉《うれ》しくなった。

墨長屋敷の皆《み》んなのためになれる事はもちろん喜ばしい事だし、なにより白に期待されているのだ。

これで全てがうまくいけば良い。

「まずは腹ごしらえだ。ここの粥《かゆ》はなかなか良い味だぞ」

言われて啜《すす》れば、海鮮出汁《だし》の底味が美味なところへ、青葱《ねぎ》と胡麻油《ごまあぶら》の香気が鼻にぬけて実に良い心地である。

瞬く間に食べ尽くして寿之丞とおかわりを注文すると、すぐに運ばれてきた。

「それで、いったいどうやるのですか」

朝が聞くと、寿之丞は苦い顔をした。

「そこなのだ。事を荒く運ぶと件の茶碗《ちゃわん》を壊してしまいかねん。策としては『すり替え』がやりやすいのだが」

「砂峰の風呂敷包みを偽物とすり替えるって事ですか」

「そうなのだが、簡単ではない」

確かにそうだろう。

件の風呂敷包みは常に砂峰の手元にあるのだ。

そう言うと、寿之丞はうなずいた。

「それもあるのだがのう……困るのは意外に重さなのだ」

「重さ？」

「砂峰が常に持ち歩いている風呂敷包みの見かけや形を同じくするのはまだ良いのだ。似たような物を用意するのはそこまで手間ではない。しかしな、持っておるものの重さが変わると、人というのは意外に気がつくのだ」

そうかもしれぬ。

「だからただ『すり替え』をするのは難しいかもしれぬ」

「どうするのですか？」

そう問うと寿之丞は、にやり、と笑った。

悪戯《いたずら》をする子どもの笑いである。

「ものづくり御前試合」まであと五日である。

横浜から江戸まで移動をする事を考えると、猶予は三日しかない。

その間に「仕組み」を成し遂げなければならぬ。

砂峰の通詞に戻った朝は焦りを感じていた。

異国人との会合が続くのは以前の通りである。

その間も砂峰は藍染《あいぞ》めの風呂敷《ふろしき》で包んだ木箱を片時も離さない。

中にはあの壺《つぼ》が入っているのだろう。

茶碗なり何なりを誰かに品物を見せる時には、別の包みも持っていってそちらを見せるが、藍染めの風呂敷包みは結び目も解かない。

一つの会談がすみ、次の異国人に会いにいく時には異聞館へと戻り、また別の品の風呂敷包みを持って外に出る。

もちろんその時も、藍染め風呂敷で包んだ木箱を持っている。

気にし始めると、いよいよ怪しい。

白には、この三日の間に事が起きると伝えてある。

毛の先ほども姿を見せぬが、近くに張りついているのだろう。

白が江戸でも朝とつなぎがつけられるように、神田の口入屋を教えておいた。

急に砂峰が江戸に出ることもあるかもしれず、それに応じられるようにするためである。

一方、寿之丞もどこかにいて、「仕組み」を仕掛ける隙を狙っているはずである。

しかし、何事もなく一日目が過ぎてしまった。

あとは異聞館へ砂峰を送りがてら、山屋へ帰るだけとなった。

その道行きである。

時はまだ夕刻の迫らないあたり。

どこからか尺八の音が響いてきた。

その音たるや、まるで町並みがまたたく間に竹林と化したような気にさせられるほど。

ひたすらに侘《わ》びていて見事である。

見遣《みや》れば、道の脇に虚無僧が辻立《つじだ》ちをしている。

異聞館への通り道であるから、歩を進めるとだんだんと近づいてくる。

ある程度のところまできて気がついた。

この虚無僧、やたらと身体が大きい。

遠目だと定かではないが、かぶった天蓋《てんがい》のてっぺんから、少し髪の毛が飛び出ているのが見える。

まさかあれは。

途端、虚無僧が口を開いた。

「もし、そこの旅のお方」

　声はやはり寿之丞である。

　しかし、こちらは旅をしていない。

　砂峰は歩き続けるので、朝もついていく。

「もし……もし、そこのお方」

　虚無僧、否、寿之丞がふたたび低い声を響かせると、砂峰がその足を止めた。

「儂《わし》のことかな、雲水殿」

「貴殿は何かお困りのご様子」

「特に困っておらん」

　砂峰は即答し、また歩き出した。

　まるで何事もなかったかのようである。

　寿之丞が慌てたように、また声を出した。

「ああ、待たれい待たれい」

「何かな」

「拙僧は困っておる」

　困っているのはそっちか。

朝は啞然《あぜん》としたが、砂峰はまた足を止めた。

「何を言っているのだ、雲水殿」

「人の心とは、向かい合ったものを映す鏡に過ぎん」

「うむ」

「つまり、拙僧が困っているのを、貴殿の心の鏡が映し出したのだ。それを拙僧が看破したまで」

「だから何を言っておるのだ。もう良いか。儂は忙しいのだ」

「ああ、待たれい待たれい」

「何なのだ。金が欲しいのか」

「そうではない。旅銀は先ほど、えらく豪儀な異国人が喜捨してくれたばかり。懐は暖かい」

「なら何なのだ」

「拙僧の見たところ、貴殿は道具、しかも丁寧に扱われた古物に親しまれている様子。違うかな」

「何でそう思うのだ」

するど寿之丞は、天蓋をゆらしながら、すんすん、と匂いを嗅《か》ぐような仕草をした。

「そういう匂いがいたす」

「適当な事を言うな。それはただの沈香《じんこう》だ。服に伽羅《きやら》の香りをつけておるだけだ」

「いやいや、そうではござらん。拙僧は鼻がきくのだ。そうだ、貴殿は古物商だろう」

朝はうつむいた。

話の持っていき方が強引すぎる。

しかし、意外にも砂峰は相手を続けた。

「もしそうなら何なのだ」

「拙僧は修行を続ける身、いまだ悟らぬ未熟者ではあるが、貴殿の持つその風呂敷包みからただならぬ妖気《ようき》を感ずる故、声をかけた次第。いったいそれは何か」

「これは壺だ」

「壺か……南無《なむ》釈迦牟尼仏《しやかむにぶつ》、ええい！」

寿之丞はそう鋭く唱えると、わずか一息、尺八を吹いた。

「拙僧は看破したぞ……貴殿、その風呂敷包みのなかには壺の他にも厄介な物が入っておるな」

「入っとらん」

「いやいや、拙僧は感じるぞ。本能寺《ほんのうじ》の恨み……天下を取り逃した恨み……これは織田の恨みか」

「……そんなもの、入っとらん」

「いやいや、拙僧にはわかるぞ……ふむ、臨済《りんざい》、曹洞《そうとう》、黄檗《おうばく》、貴殿はやはりお困りだな」

「困っておらんと言っているだろう。「いい加減にせんと番屋の役人に来てもらうぞ」

「いやいや、こんな妖気を放っておいては、拙僧が困るのだ。臨済《りんざい》、曹洞《そうとう》、黄檗《おうばく》、普化《ふけ》、と渡り歩きながら、悟りに未《いま》だ辿《たど》り付かぬ未熟者とはいえ気がついたものを見過ごす訳にはいかぬ」

「それは雲水殿のご都合、そちらで何とかされるが良い」

「貴殿のおっしゃる通り。それでは看破いたす……」

寿之丞がなにやら呟《つぶや》くのを尻目《しりめ》に、三たび、砂峰が立ち去ろうとしたその時である。

にわかに凄《すさ》まじい怒号が響いた。

「――喝！」

砂峰も朝も身体を、びくり、とひと震えさせて振り向く。

寿之丞、裂帛《れっぱく》の「喝」である。

あまりに驚いたもので、朝は思わず声を上げた。

「何ですか、いったい」

「雲水殿、儂はさすがに腹が立ってきたぞ」

あの砂峰が珍しく感情を荒らげている。

しかし、寿之丞はそんな二人の苦言など露知らぬように、ぶつぶつ、と暗い声で何かを呟いている。

「……なるほど。ままならぬものに悩まされておる……まるで信長が明智光秀《あけちみつひで》に裏切られた、織田家の恨みのようだのう。信長でさえもままならぬのだ。人も、人を動かす金も、物も。苦しいよのう……信長の自尊の念がなければ天下統一など成し得なかったが、自らがその自負心に殺されたわけだな。なるほどなるほど。剣呑《けんのん》剣呑……」

そうして今度は、はっ、と目が覚めたようになると、元の口調に戻って喋《しゃべ》り始めた。

「いや、失礼した。どんな妖気、邪気も看破すればただの思い込み。言葉にすれば中道を保ち、魔境から救われること間違いなし。拙僧の方はもうこれで困りはせん。それでは失礼させていただこう。南無釈迦牟尼仏……」

そうして尺八を吹きながらどこかへと歩き出してしまう。

朝は呆然《ぼうぜん》とした。

いったいいまのは何だったのだろう。

寿之丞の狙いがわからぬ。

ただただ、砂峰を怒らせただけである。

その次の刹那《せつな》である。

意外な事が起こった。

砂峰が寿之丞を追いかけたのだ。

「雲水殿……いえ、和尚様、お待ちくださいませ」

「どうされたかな。拙僧はもうこれで困りはせぬ。妖気は看破したゆえ」

「儂の方が困っております」

どうしたことだ。

朝は驚愕《きょうがく》した。

あの砂峰が心を開いている。

なぜだ。

「これは面妖《めんよう》な。貴殿は先ほど、困っていないとおっしゃっていたはず。これ以上、貴殿のお手間を取らせて叱られるのも拙僧は嫌だ」

寿之丞は意地悪な事を言っている。

すると、何という事であろうか。

持っていた藍染《あいぞ》め風呂敷《ふろしき》の包みを置くと、砂峰は膝《ひざ》を地につけ、平伏したのだ。

あの砂峰が、である。

「和尚様、なにとぞお救いくださいませ」

「拙僧にできることがあるのかな」

「お説を、お説教をいただけましたらそれだけで構いません」

「ふうむ。拙僧のような未熟者でよろしいのかな」

「ぜひ、よろしくお願いいたします」

砂峰はそうして立ち上がると、朝を手招きした。

「朝殿、妙なところを見せてしまった。あとは和尚様に異聞館へ来ていただくゆえ、今日はここまでで良い」

「……かしこまりました。明日《あした》もまたよろしくお願いいたします」

かろうじてそう応《こた》えて朝は一礼したが、顔をあげた途端、あっ、と叫びそうになった。

砂峰の後ろで寿之丞が風呂敷包みを持っている。

重さを知るためであろう。

「いかがされた、朝殿」

「いえ……失礼致します」

怪訝《けげん》な顔の砂峰にもう一度頭を下げ、朝は足早にその場を去りながらかぶりを振った。

能代寿之丞。

凄まじい話芸の持ち主である。

「役付きの武家。大店《おおだな》の主人。素封家。偉いと言われる立場であればあるほど、弱みを見せられずに苦しんでいるものなのだ」

寿之丞が熱そうに粥《かゆ》を啜《すす》りながらそう言った。

砂峰を話芸でからめとった、その翌朝のことである。

朝と寿之丞は山屋の茶屋に席をとっていた。

もちろん背中合わせである。

「仏門や神職は、民草のためだけではなく、そのような者たちの悩みを聞くのも役目の一つなのだ。特に佐賀藩は禅宗を重んじている。藩主の鍋島家の菩提寺《ぼだいじ》にしておるくらいだからの」

虚無僧は禅宗の一派、普化宗の僧である。

そこまで考えた上でのあの恰好《かっこう》だったとは。

朝は舌を巻いた。

「しかし、あの砂峰が土下座までするとは」

「なあに、かけたかまに砂峰の悩みが引っかかっただけだ」

「そうだとしても、そういうかまをかけられるのが凄《すご》いのです」

「こういうのは手妻や奇術と同じでな、種や仕掛けをあかせば何でもないことなのだ」

「種や仕掛け？」

「人の悩みや苦しみなど、だいたい一緒だ。偉かろうが歳《とし》がいくつだろうが変わりはせん。金のことか仕事のこと、それに家族のことか男女のこと、病気や怪我のこと。だいたいそんなものだ。そこを曖昧《あいまい》につっけば、向こうが勝手に『この人、わかっている！』と早合点してくれるのだ」

確かにそうかもしれぬ。

が、それをして、相手を釣るにはやはり円熟した話芸が必要だろう。

そう言うと、寿之丞は軽く笑った。

「そういうわけでもない。昨日のように『ままならぬもの』に悩まされている、みたいな言い方をすればたいていはまる。まあ、その前説をどうするかだから、朝の言う通りかもしれないがの」

そう言われて考えてみると、「ままならぬもの」は「ままならぬ物」にも「ままならぬ者」にも思わせることができる。

人の悩みも、物の悩みも、金の悩みもつくことができるのだ。

朝はさらに感嘆した。

「そう褒めてくれるのは嬉《うれ》しいが、朝も粥を食べると良い。今日は青菜が刻み込んであって、これも美味《うま》いぞ」

そう言われて粥を口に含むと、昨日とはまったく違う味である。

蕪《かぶ》の実と、その葉が刻まれたのが柔らかく煮込まれていて、実に滋味深い。付け合わせの葱《ねぎ》を混ぜ込んだ味噌《みそ》が、よくあっていて、箸《はし》が止まらぬ。

二人して、昨日と同じくまたおかわりを頼むこととなった。

「それで、砂峰の悩みとはいったい何だったのですか」

朝が聞くと、寿之丞が煎茶《せんちゃ》を口に含みながら身じろぎした。

「それこそよくある話だ。砂峰はずいぶん前に奥方を病で亡くしているらしい。聞けばよくできたご内儀だったようで、家のことは厨《くりや》仕事から掃除から、すべて上手だし、『菟田屋』で人をつかうのにも心配りが細かく、全てをまかせることができたそうだ」

朝はうなずいた。

砂峰の振る舞いを見ていても、そのような奥方がいれば助かるだろうと思っていた。

仕事には熱心であるが、日々の暮らしという面から見ればいささか手落ちが感じられるのだ。

朝がいなければ、朝から休みも取らず、物も食べずに夜まで働き続けるだろう。

「砂峰には『峰《みね》』という名の娘がいるらしいが、奥方がなくなった時は丁度年頃だったようでな、外に出たり、婿を取ることを考えねばならぬ時期だ。砂峰はずいぶん参ったらしい」

「娘さんがいるのですか」

「ああ、さすが砂峰の血を引いていて物の価値がわかるらしく、佐賀の店を取り仕切っているのはその娘らしい。たいしたもんだな。しかし、その形になるまでが大変だったようなのだ」

「大変というのは」

「奥方が亡くなった後、砂峰はいっとき、女遊びに身をやつしたらしい」

「あの砂峰がですか！」

「本人がそう言っていたのだから間違いないだろう。なあに、それがしも含めて男なぞ弱いのだ。女がいなくなると気弱になる輩《やから》も多い。まあ無理もない。寂しさもあったろうし、相当頼りにしていたのだろうからな」

「そういうものですか。今の砂峰からは考えられません」

「わからぬものだ、人というのは。それでな、砂峰はその時にへまをした」

「へま？」

「遊び相手の一人が押しかけ女房になったのだ」

「へえ、もてますね」

「まあ、菟田屋には金もあるしな、砂峰も身だしなみは洒落《しゃれ》ているし、若い時は色男だったろうという顔だ」

朝もそれには同意した。

「ところがその女がはずれだった」

「はずれ？」

「家のことも店のことも何もしなかったらしい。ただただ金を使うばかり」

「なんと」

「まあ、苑田屋も商売上手だからな、それで傾くことはなかったようだが、子どもたちから散々責められたらしい。それでも上の娘は聡《さと》く、店を守るのに力を尽くしてくれているようだが、何年かするうちに下の子は出ていってしまったと言っていた。その話をする時には見ていられぬほど寂しそうだったのう。『上の娘が婿も取っていないのは儂《わし》のせいなのだ』と嘆いていた」

聞けば聞くほど砂峰にそぐわない話である。

しかし、人というのはそうなのかもしれぬ。

朝もかつて、日本人遊女の母と、米利堅人の父が一緒にすまぬことで、己の心がばらばらになってしまいそうな気がしたことがある。

そういう時、人は自分で思いもよらぬ行動に出るものだ、ということを朝はすでに経験していた。

だからこそ、砂峰がそのような話をしたというのは信じ難い一方で、納得できることもあるのだ。

「あまりに砂峰が嘆いたからのう、仕方なく『混沌《こんとん》から両儀が生じ、四象を経て八《はっ》卦《け》と分かたれるも、陰陽和して太極となす』と慰めてやった」

「太極？　なんですかそれは」

「唐伝来の昔ながらの考え方だ。簡単に言えば『別れてもいろいろあってから元に戻る』と言ってやったのだ。その場しのぎの方便に言ったまでだが、砂峰は喜んでおったぞ」

寿之丞はまた色々なことを知っているのだ。

朝は二杯目の粥《かゆ》を啜《すす》りながら、改めて感服した。

「しかし、そのような話を聞き出した上、きちんと仕事もされていたのには感服いたしました。思わず叫びそうになるのを堪《こら》えるのに必死でしたよ」

「うむ？　ああ、風呂敷包《ふろしきづつ》みのことか。重さを知るやり方は何通りか考えてあったが、一つ目で成功して良かったのう。柄や生地も近間で見られたから『すり替え』のための偽物を仕立てることは、これでいくらでもできるぞ。しかもな、砂峰はそれがしをえらく気に入って頼るようになっていてな、また説教を依頼されている。まあ、むしろ話を聞くのはそれがしなのだがな」

「それならいくらでも砂峰の荷物を『すり替え』できますね」

「油断は禁物だ。それがしが偽物を持っていったらあからさまで、さすがにばれるからのう。注意を引いたり話をしている間に朝に手伝ってもらわねばならぬことになる」

「それはもちろん」

「さあて、腹もふくれたことだし、それがしはまず、偽の風呂敷包みを仕立てる体のいい箱や風呂敷、それに重し代わりのがらくたでも手に入れてくるかのう」

「早いですね」

「なあに、横浜で揃《そろ》うとは思うが、ことによれば神奈川《かながわ》宿までではなければならぬ。明日《あした》には『すり替え』を成し遂げねばならぬからのう、今はじめてやっと間に合うくらいなのだ。それでは先に失礼するぞ」

そう言うと、寿之丞は店を出ていってしまった。

一人残された朝は粥をゆっくりと啜りながら物思いに耽《ふけ》った。

これで白の依頼も、仕組みもうまくいくはずである。

胸のうちは凪《な》いでいた。

その日の砂峰は機嫌が良かった。

寿之丞と話したことで、気が楽になったのだろう。

何気ないことで笑顔も出ていたことに、朝は少なからず驚いた。

異国人との会談も、いつになくうまく進んだように感じられた。

品もより高値で売れていたのを見ると、商いには「流れ」や「機運」があり、それを引っ張ってくるのは関わる者の気持ち次第なのかもしれぬ、とまで思わされた。

昼餉《ひるげ》も砂峰にしては積極的で、昨日までよりも早く休みに入り、食事も楽しんでいた。

「仕組み」にかけているとはいえ、寿之丞が善行をなしているように思えてくるほどである。

夕方にならぬうちに仕事が終わると、帰り道の途中で砂峰は立ち止まった。

「今日はここまでで良い。明日もまた頼むぞ」

そう言って異聞館へ向かう砂峰の足取りは軽い。

これから寿之丞の説教をうける流れなのかもしれぬ。

「仕組み」としては都合が良いが、いちど気を許してしまうと歯止めが効かなくなるその様子はいささか心配である。

と同時に、「女遊びに身をやつした」のも、このようにはまっていってしまったのではないか、と納得した。

山屋への道行きでふと、白に会いたくもなった。

またあの居酒屋の奥の部屋で一緒に夕食でも食べたいと思ったが、明日に長益の茶碗《ちゃわん》を手に入れて、「仕組み」を成し遂げてからでも遅くはないと思い直した。

今朝の寿之丞の話ぶりからすると、長益の茶碗は朝が手に入れることになり、それを白に渡すかどうかを決めることができるのかもしれない。

白の手に渡っても良いのなら、自分から手渡せたらよい。

そうすれば朝の「価値」は上がるだろう。

気がつくと朝の足取りも軽かった。

明けた翌日。

今日で「仕組み」を成し遂げなければならぬ。

砂峰と藍色《あいいろ》の風呂敷包みを引き離せば良い。

あとがどうなろうが、寿之丞にまかせるしかない。

身の引き締まる思いである。

だが、朝の気は明るかった。

今朝の朝餉《あさげ》は一人である。

朝の部屋に文が入っていて、それによると寿之丞は夜遅くまで偽の風呂敷包みを仕立てていたらしい。

つづけて読めば、次のように書いてある。

後に備えて眠るため、朝餉は一緒にできないが心配せぬように。

「仕組み」のために大八車を走らせる手配、それがはずれたら二の矢として暴れ馬を走らせる手配をしたこと。

怪我をしないようきちんと逃げろ、砂峰と包みを引き離したあとは臨機応変に動くこと、云々《うんぬん》。

そのため、朝は一人で粥を食べにきたわけである。

今日は茶粥《ちゃがゆ》であるが、炙《あぶ》った鯵《あじ》の干物がついていた。

干物はそのままで食べると塩辛いだけだが、ほぐして茶粥に混ぜ込むとなんとも美味《うま》い。

小さな干物一枚で粥が二杯食べられた。

異聞館へいくと、砂峰は昨日よりさらに機嫌が良かった。

顔の血色まで良くなっている。

やはり仕事の方も調子が良く、持っていった品が高値で売れていた。

相変わらず、件《くだん》の藍染《あいぞ》め風呂敷の包みを持っていたが、それでも気がゆるんできているのか床や地面に置いたりすることが目につくようになった。

ほんの一、二回のことであるが、肌身離さず抱えていた昨日までと比べれば随分な変わりようである。

いつもより早く仕事を終えて昼餉をとったあと、砂峰は茶を飲みながら口を開いた。

「このたびは朝殿がいて助かった。今までのお礼をお渡ししておきたい」

そうして、朝の前に小判の包みを置いた。

大金である。

「！……この額は随分と」

「そのまま懐に仕舞われると良い。金額の多寡などあってないようなもの。己の価値を認められているのならば多くて困ることはない。朝殿は本当によくやってくれた。これからも何かあればお願いしたい」

砂峰がそう言うので、一礼しておずおずと上衣《ジャケッ》の懐のかくしに入れたが、重いうえにかさばる。

困ったが、他に入れるところもなし、仕方なくそのままにした。

それを見て砂峰は満足そうにうなずいた。

「儂《わし》は明日、江戸に出る。今回の仕事はここまでだ。世話になった」

そう言い、茶を飲み干した。

朝も礼を言い、料理屋から外へと出たその時である。

「これは砂峰殿ではござらんか」

見れば巨軀《きょく》の虚無僧、寿之丞である。

「これは寿念どの、奇遇ですな」

砂峰が笑みを浮かべながら歩みを寄せた。

「いや、件の仏像、やはり寺の方ではぜひみてもらいたいと申しておる。なかなか貴殿ほどの物を見る目を持った御仁がいないようでな、菀田屋の名前を出したら喜んでおった。しかし、貴殿の名の通りが良いのにいささか感服した次第」

そう言いつつ、手に持った風呂敷《ふろしき》包みを持ち上げた。

赤い。

紅殻《べんがら》染めであろうか。

一方、砂峰は首を振った。

「いえいえ、代々、少しでも良い商いを、と思いつつ積み重ねてきたことに過ぎません……それではその仏像、逗留《とうりゅう》している宿にて拝見させていただく流れで良いでしょうか」

「もちろんもちろん。ではこれはお渡ししておこうか。それとも後ほど旅籠《はたご》へ持参しようか」

寿之丞はそう言いながら赤い風呂敷包みを渡す仕草をする。

それを受けて砂峰はいつも抱えている藍染めの風呂敷包みを地面に置いた。

「どちらでもよろしゅうございます」

すると、一転、寿之丞は赤い風呂敷包みを渡さずに、己の方へ引き寄せた。

「うむ、荷物にさせてしまうのも申し訳ない。これはそれがしが宿まで持参しよう。では後ほど」

その途端である。

「どけどけ！　急ぎの荷だ！　怪我したくねえ奴は道の端にすっこんでろ」

道の向こうで叫び声が上がった。

目を向けると遠くで砂埃《すなぼこり》が立っていて、車夫がえらい勢いで大八車をひいている。

通りをゆく異国人も日本人も、あわてて道端へよけ始めた。

その、皆の目がそちらへと集まった刹那《せつな》である。

朝は確かに見た。

寿之丞の早技である。

逃げる仕草で砂峰の背に回りつつ、手元の荷物の赤い風呂敷を、ぺろり、とむくようにはがしてその足元へ置いた。

中身は砂峰の持つ藍染めの包みそっくりである。

流れるように、その低い姿勢のまま砂峰が地面に置いた藍染めの風呂敷包みをかっさらい、赤い風呂敷で包み込むと、電光石火の速さで結び目をゆいあげた。

砂峰が足元の荷物を持ち上げ、道端に逃げたのはそれからである。

倣って朝も道端に避《よ》けると、凄《すさ》まじい速さで大八車が通り過ぎた。

追って、もうもうと上がる砂埃のなかを寿之丞が去っていくのが見えた。

先日の話芸に続いて、見事な手妻である。

砂峰はすり替えられたことに全く気づいていない。

朝は安堵《あんど》した。

その時である。

砂埃のなか、さあっ、と忍び寄る影が寿之丞に近づいた。

と思えば、もぎ取るように風呂敷包みを奪い、さっそく地面に置いて結び目をといている。

着流しの姿に大きな布を羽織った姿。

髷《まげ》を結わぬ、洋人風の髪。

吊《つ》った細い目に逆八の字のまっすぐな眉《まゆ》。

白である。

いまこの刹那に砂峰の手から長益の茶碗《ちゃわん》を奪えたことを確かめて出てきたのだろう。

寿之丞は困惑しているようだが、さすがである。

朝の方へ足早に近づくと、「あれが朝の言う協力者か」と囁《ささや》いてきた。

「そうです」

「それでは儂は消える。砂峰に詰められてもつまらんからのう」

そう言うと近くの路地へと姿を消した。

一方、白は木箱を取り出して蓋《ふた》を開け、中から壺《つぼ》を取り出した。

「何をしている！」

砂峰の驚いた声があがった。

そうして、慌てて自分の持っている風呂敷包みを開き、木箱を開ける。

中から出てきたのは、木彫りの仏像である。

砂峰はそれを地面に放り出し、道の真ん中へと出てきた。

白は壺を地面に置くと、箱に手を突っ込んで何やらしている。

そのうちに中から板を取り出すと「やはり二重底かよ」と言った。

「触るな！」

砂峰の荒い声が白昼に響いた。

割れぬように詰められていた紙を引っ張り出していた白は、ひと唸《うな》りして箱を覗《のぞ》き込んだ。

そうしてゆっくりと何やら取り出してかかげた。

あれが長益の茶碗なのか。

確かに欠けている。

朝は近づいた。

暗い色の陶器の茶碗が大きく割れたところへ、白地の磁器が継がれている。

「これが長益の、呼び継ぎの……茶碗」

朝の呟《つぶや》きを尻目《しりめ》に白は懐から巾着《きんちゃく》袋を出し、かけらを取り出した。

砂峰も駆け寄ってくる。

三人が、往来の真ん中に頭を突き合わせたそのとき、白の手でかけらが茶碗にはめこまれた。

見事に合っている。

その刹那である。

かすれた、しかし、鋭い砂峰の声があがった。

「最後のかけらを手に入れたと言うのか……免次郎《めんじろう》！」

免次郎？

朝は虚を突かれた。

誰だ、免次郎というのは。

白……白うさぎではないのか。

いや、それは通り名だ。

すっかり忘れていたが、ただの呼び名なのだ。

すると本名は免次郎なのか。

途端、朝は目の前の男のことを、白のことを、白うさぎのことを、全然知らないように感じた。

否、実際に全く知らないのだ。

なぜ、白のことをわかっているつもりになっていたのか。

名前も知らないのに。

目の前にいるのは、「信じてるぜ」と声をかけてくれた白ではない。

免次郎、と呼ばれる知らない男なのだ。

砂峰が口を開いた。

「そのかけらをどこで手に入れた」

「京都だ」

「長益のいた屋敷か」

「いや、長益の女がいた屋敷の蔵だ。形見がわりにもらったが、価値がわからなかったんだろうな。蔵に仕舞い込まれていた。利休十哲にも数えられた長益でも物を見る目のねえ女を選んじまうんだ。親父があああなるのも仕方ねえかな、と思ったぜ」

親父？

いま、「親父」と言ったか。

朝はあわてて免次郎と砂峰の顔を見比べた。

細い目の免次郎。
吊り気味の目の砂峰。
似ている。
砂峰は感九郎に似ているのだとばかり思っていた。
実際、話の中身は似ていることもあったのである。
しかし、朝が感じていたのは実は違うところだった。
免次郎の目と砂峰の目は間違いなく似ているのだ。
目ばかりではない、顔も、自負心も、さまざまなところが似ている。
免次郎と砂峰とは親子なのか。
そう言えば、砂峰から悩みを聞き出した寿之丞が言っていた。
砂峰の「下の子は出ていってしまった」と。
白は、免次郎は、その「下の子」なのか。
息が浅くなり、身体が固まっていく。
そんな朝のことなどつゆ知らず、免次郎は口を開いた。
「姉貴は元気か」
「ああ。峰《みね》は『菟田屋』を切り盛りするまでになった。おかげでこうして安心して

「姉貴ならできるさ……ところで、親父が連れてきたあのあばずれ女はばちが当たって死んだか」

「そう言うな。あれでも私の妻だ」

「ふん、俺の家族じゃあないさ」

「貴様こそ、うちの名前を使って好き勝手やっているらしいな」

「ふん。『菟田屋』の看板語る時はきちんとあがりの一部を送っているだろう。なかなかの儲《もう》けを出しているはずだぜ」

「信用なき金など価値はない。お前が好き勝手やるおかげで『菟田屋』の看板に傷がついたら元も子もないのだぞ」

「それじゃあ言うが、親父はこの期におよんでなぜ幕府に肩入れする？　金繰りも苦しく、異国の受けも良いわけじゃねえ。今まで鎖国してきたつけが高じて尻《しり》が重くなっちまってる。危ういぜ」

「幕府に肩入れしているわけではない。儂《わし》は『日本』の価値を高めたいだけだ。そのあとどうなるかはわからんが、巴里で開かれる万国博覧会に出るのは幕府だろう。そこに良い物を出すだけだ」

「親父、もっと町で遊んで世情に通じたほうがいいぜ」

免次郎はそう言うと、不敵な笑みを浮かべて声を落とした。

「来年の万博には薩摩も出る」

「ああ、いま幕府が各々の藩に声をかけているからな」

「違う、薩摩は琉球《りゅうきゅう》王国として出るんだ」

「まさか！」

「そのまさかだ。薩摩はやる気だ。仏蘭西をはじめ、異国どもに薩摩を『国』だと思い込ませようとしている」

「恐れ多くも将軍家と戦をおこすつもりか！」

「いいじゃねえか。幕府とことを構えてまでこの国を残そうとしているんだぜ。よほど先のこと考えてらあ。だからな……俺は薩摩と、それを助けている一味と組むことにした」

免次郎が言うのは「一目連」のことだろうか。

「ならば儂の逗留《とうりゅう》した部屋を荒らし、襲ってきた浪人どもはお前の仕業か、免次郎！　あの賊どもが話していたのは薩摩弁まじりだったぞ」

「そりゃ俺の差し金じゃねえ。奴らが勝手にやったんだ。俺がこの茶碗《ちゃわん》を手に入れたがっているのは話しておいたが、余計なことしやがるぜ本当に」

免次郎はそう言って顔をしかめると、かけらを丁寧に巾着にしまい込み、長益の茶碗を紙で包んで懐へ入れた。

砂峰はそれを眺めながら首を振った。

「それでは事は成らん。長益の茶碗は真贋《しんがん》が確かではないのだぞ。幕府の、将軍家の力を持って調べをつけ、お墨付きにならなければいかん。面倒だが、それをするだけの価値があるものなのだ。金継ぎは……呼び継ぎは、日本独自の……」

「おっと、心配するな。このかけらは正真正銘の本物だ。その茶碗には箱書きもないだろうが、こっちには長益の花押のついた覚書がついている。このかけらが合うならば、この茶碗は本物だぜ」

「免次郎……貴様」

「俺はこの茶碗を持って『ものづくり御前試合』に出る。そうして万博へ随行し、向こうで……おっと、ここから先は言っちゃあいけねえ約束なんだ。とにかく、俺は明日《あした》の御前試合に出に江戸に向かわなきゃいけねえ。また『菟田屋』の看板を借りるぜ」

「待て、免次郎。よもやそのかけらを継いでしまうのじゃなかろうな」

「そんなこたあしねえよ。もともと、金継ぎなぞ壊れてるから面白《おもしれ》えんじゃねえか。最後のかけらがはまっていないこの茶碗は、その面白さをまっとうしてやがるぜ。このままにするに決まってるじゃねえか」

そう言った免次郎は朝の顔を垣間《かいま》見た。

ほんのわずかに視線が交差したが、すぐに免次郎は身を翻して歩き出した。

砂峰は黙ってそれを見つめていたが、やおらよく響く声を出した。

「わかった。貴様は貴様の道で達したようだな。儂はこれにて隠居する。『菟田屋』は峰が継ぐことになるが、貴様は看板を好きにするといい。『菟田屋』を名乗ろうが名乗るまいが勝手にしろ」

すると免次郎は振り向きもせず、足も止めずに、片手をあげた。

その背中がだんだんと小さくなっていく。

あとにはあまりの衝撃に固まったままの朝と、憑《つ》き物が落ちたように力のぬけた砂峰が立ち尽くすばかりである。

第八章　朝、命をかける

朝は我に返った。
大変なことをした。
とるものもとりあえず駆け出した。
砂峰を残したままだが、それどころではない。
「一目連」の側にいる免次郎に、茶碗が渡ってしまった。
しかも、それを手伝ったのは朝なのだ。
免次郎を捜しながら追った。
どこにも見当たらない。
横道にでも入ってしまったのだろうか。
朝は焦りに身を任せ、片端から捜した。
二人で話した居酒屋へ行き、店の者に止められながらも、無理やり奥座敷まで調べた。
いなかった。
主な往来はすべて走り回った。
いなかった。
最後に、山屋に戻って、茶屋を調べた、
もちろんいなかった。
どうすればよいのか。
寿之丞にも感九郎にも合わす顔がない。
失意に立ち尽くしていると、茶屋に巨軀《きょく》の男が駆け込んできた。
寿之丞である。
「捜したぞ……朝。あの男はまずいかもしれぬ！」
寿之丞もあたりを走り回っていたのか、息を荒くしている。
顔を見せられずにうつむいて両手で隠した。
説明することもできぬ。
情けなくて顔も見せられぬ。
何もできぬ。

寿之丞は息を整え、なにやら懐から取り出した。

指の間から見れば、文のようである。

「感九郎から文が届けられた。わざわざ急ぎの飛脚を使ったようだが、今朝、それがしが宿を出るのと入れ違いになったらしい。中身がこれだ」

寿之丞が差し出してくる文を、朝は受け取って読みはじめた。

御前から急ぎの文が届き、次のことがわかったらしい。

「菟田屋」には娘と息子がいること。

息子は菟田免次郎という名で、四年前に横浜へ遊学に出たきり音信不通になっているが語学の才も商才も備えており、「菟田屋」を名乗って荒稼ぎをしているらしいこと。

免次郎の手にかかると、まるでさぎのように、異国人が高額の金を支払うので、裏の世界では「白兎《はくと》」「白」と呼ばれているらしい。

さぎという言葉の元が「因幡《いなば》の白うさぎ」から来ているかららしいが、「菟田」の「菟」や「免次郎」の「免」が、「兎」という字に似ているからだともいう。

どうやら「一目連」や薩摩と結びついているのはこの免次郎で、菟田砂峰ではないこと。

並びに、朝の父である米利堅人通詞、ロジャー・スミスが「ものづくり御前試合」の相談役として審査に関わるらしいこと。

最後に、このような大事なことの調べがつくのが遅くなったのは申し訳ない、と御前の文に書いてあったこと、云々《うんぬん》。

読み終わり、朝はがっくりとうなだれた。

騙《だま》された。

白に騙された。

まさにさぎである。

まるで、手のひらで転がされるように、白うさぎに騙されたのだ。

何が「朝、信じてるぜ」だ。

どの口が言っているのだ。

免次郎は最初から計算ずくだったのだ。

たまたま助けた朝を手なずけ、機を見て砂峰のところへ送り込み、長益の茶碗《ちゃわん》について探らせ、奪うのに利用したのだ。

悔しい。

そんな白を信じた自分が恨めしい。

黙りこくっていると、寿之丞がよく響く声を上げた。

「朝、お主のせいではない。こういうことは起こるものだ」

朝はかぶりを振った。

どう考えても自分のせいなのだ。

「いや、最初の御前の文を受け取った時点で、朝だけではなくそれがしも感九郎も、コキリも、菟田砂峰が『仕組み』の的だと思い込んでおった。しかし、それも仕方がないことだ……御前の調べがここまで滞るのはやはり、世が乱れておるからだと思う。朝ひとりの責ではないぞ」

その言葉を聞いても朝の気持ちはまったく楽にならぬ。

白が、免次郎がすべていけないのだ。

あんな風に人の心を転がすような奴は許しておけぬ。

寿之丞の大きな手が朝の肩をやさしく叩《たた》いた。

「気が済まぬこともあろう。しかし、うつむいているだけでは何もならん。できることをせねばならん。まずはここで菟田免次郎を捜そう。夜に江戸へ戻ろうとするのはいささか危ういしのう。そうして朝早くここを発《た》ち、明日《あした》は江戸で免次郎を捜そう。明後日《あさって》の『ものづくり御前試合』のためにあちらで準備しているはずだ」

そうなのだ。

せめていまいちど免次郎に会い、とっちめてやらなければ気が済まない。

言いたいことはたくさんあるのだ。

朝は顔を上げた。

寿之丞が優しい笑みを浮かべている。

「うむ。悔しいだろうが、その気持ちは墨長屋敷で酒を呑《の》みながら発散すれば良い。御前が小言を言いにきたら、調べが不確かなおかげで酷《ひど》い目にあいました、とでも言ってやるが良い」

朝はうなずいた。

寿之丞の話を聞いていたわけではない。

決めたのだ。

許すまじ免次郎。

僕の、私の気持ちを振り回し、転がし、利用したのを後悔させてやる。

寿之丞は安堵《あんど》したように話を続けている。

「よし、まずはこのあたりの駕籠《かご》屋《や》をあたってみよう。もし免次郎が駕籠を使って江戸へ出ていたらその時点で調べをやめて……おい、朝、待て待て。どこへ行くのだ、朝！」

朝は走り出した。

結局、免次郎は横浜のどこにも見当たらなかった。

寿之丞は駕籠屋に当たってくれたようだが、そちらもはずれだったらしい。

「かたぎの駕籠屋ではなく『一目連』の息がかかった奴らに頼んでいたら口は割らないだろうし、そもそも看板を上げてないもぐりに頼んだのかもしれんからのう」

町中を走り回ったおかげで、朝は疲労困憊《こんぱい》していた。

捜しにきた寿之丞に見つけられ、明朝まで休むといい、と言われながらもまた走り出し、目につくすべての居酒屋や料理屋にあがりこんで調べをつけた。

一度などは奥座敷まで乗り込み、叩《たた》き出されることまであった。

結局、免次郎を見つけられず、失意にまみれたまま山屋へ戻ったがまんじりともできぬ。

明朝にそなえて帰りの支度を始めたが、荷物をまとめ終わっても日がのぼらぬ。

じりじりと焼けつくような焦りに追い立てられ、山屋の店の間で朝まで待ち続けた。

結局、部屋から出てきた寿之丞を急《せ》かすように駕籠屋まで向かい、俗に「四枚」と呼ばれる四人仕立ての早駕籠二丁で向かうことにした。

朝を気遣った寿之丞の考えであった。

それでも江戸についたのは昼過ぎである。

免次郎を捜すといっても八百八町のどこかにいるひとりを捜すのは大変である。

とりあえず蔵前の墨長屋敷にもどると、小霧だけがいた。

「なんだ貴様ら、地獄にいるみてえな顔してやがるな」

蓬髪《ほうはつ》とさせた髪に寝癖をつけたまま玄関に出てきてそう言っている。

そのまま居間に向かうと「まず飲みやがれ」と、あのものぐさな小霧が茶を淹《い》れてくれたので驚いた。

朝はそれを一口飲んで、やっと昨日の昼から飲まず食わずだったことを思い出した。

茶が身体に染み込んでいくようである。

熱いのをふうふう吹きながら飲み干した。

「お主の恋路はひと段落ついたのか」と寿之丞が聞けば、小霧はおかわりの茶を淹れながら鼻で笑った。

「ふん。あんな馬鹿にいつまでも懸想していても仕方ねえ。いい男なんざたくさんいるんだ」

そう憎まれ口を叩いている。

「どうやら元気は出たようで何よりだ」

「それより、肉達磨。貴様らの方の首尾はどうなんだ」

そう聞かれて、朝はうつむいた。

寿之丞は一つため息をつき、今までのことを話し始めた。

小霧はしばらく相槌《あいづち》を打ちながら聞いていたが、朝が協力していた相手が実は菟田免次郎で、長益の茶碗を奪われたくだりを聞くと、またひとつ鼻で笑った。

「ふん、朝も体《てい》よく転がされちまったな」

それを聞いて朝は身がやせ細る思いであった。

泣くこともできない。

すると、小霧にしては珍しく優しい声を出した。

「まあな、今回は俺も迷惑かけちまったからな、朝のせいってわけじゃねえ。なにより、御前の調べが遅すぎる」

「それがしもそう思うが、そんなことを言っていても始まらん。明日の『ものづくり御前試合』までに免次郎を捜し出さねばならん。クロウの知恵や手も借りたいが」

「それが韋駄天茄子《いだてんなす》は昨日から帰ってねえんだ」

「むう。『魚吉』に戻ったのかのう」

「いや、違うらしい。この置き手紙だけが置いてあったぜ」

寿之丞が読み上げると、いざというときの備えを準備するため戻れないかもしれぬが心配せぬように、という一文だけ書いてあった。

朝も見ると、感九郎にしては字が乱れている。

よほど急いだのかもしれぬ。

「この手紙だけでは何が何だかわからぬな」

「まあ、奴には奴の思惑があるんだろう。俺が気がついた時にはいなかったんだ」

それから三人で話し合い、それぞれ手分けして事を進めることにした。

小霧は御前とつなぎをつける。

寿之丞は座敷芸に呼ばれる料理屋を中心に聞き込みをする。

「ものづくり御前試合」は江戸城で開かれるからその近辺に逗留《とうりゅう》しているはずなので、深川《ふかがわ》や日本橋を中心にあたることにした。

朝は通詞の仕事仲間をつたって、異国人相手の商売をしている者たちのところへ話を聞きにいくことにした。

同業であれば万に一つ、居場所もわかるかもしれぬ。

そうやって決める合間に寿之丞が飯を炊き、味噌汁《みそしる》を作ってくれたので皆で食べた。

味は感じなかったが、身体は求めていたようで、朝は瞬く間に食べ終わった。

ゆっくりする暇もなく、そのまま皆で調べに入った。

しかし、全てが無駄足である。

朝が向かうところ向かうところ、菟田屋の名はみんなが知っていたが、その滞在先などわかるわけもなかった。

そもそもが、砂峰を知っていても免次郎を知る者は少ないのだ。

ひょっとして、と「白うさぎ」や「白」の名を出すと、時折、知っている者がいる。

通り名だったことは間違いがないらしい。

それがわかってほんのわずかに心がゆるんだが、しかし、免次郎の居場所がわからないのは間違いがない。

そうこうしているうちに宵の口である。

結局のところ免次郎は見つからなかった。

小霧は御前とつなぎをつけられなかったようである。

寿之丞の方もはずれであった。

夜更けまで調べに奔走した朝たちは忸怩《じくじ》たる思いで翌日を迎えることとなった。

とうとう、「ものづくり御前試合」の日が来てしまった。

小霧の案で、何ができるかわからぬが御前試合には行くことになった。

城にしつらえられた会場に入るには割符が必要で、寿之丞と朝が横浜へ行っているあいだに御前から送られてきているとのこと。

小霧はまだ恋の病で引きこもっていたから感九郎が受け取ったらしいが、捜してみると三枚しか見当たらぬ。

感九郎の分がないが、戻ってくるあてもなし、朝たちで一枚ずつ持つことにした。

小霧と寿之丞は早々から城へ向かい、できることを探るらしいが、朝はできるだけ免次郎を捜したかった。

「ちょっと待てよ。免次郎も早くから城にいるかもしれねえんだぞ」

小霧はそうたしなめるのを寿之丞が止めた。

「なあに、御前試合は昼下がりからだ。それに間に合えば良い。朝も思うところがあるのだろう」

結局、朝は一人でまた江戸の町を奔走することになった。

が、やはり手がかりはない。

そろそろ昼である。

城に向かわなければ御前試合に間に合わぬ。

しかし、朝はもうどうでもよくなっていた。

疲れているのかもしれぬ。

当たり前だ。

この三日間、身も心も休まらぬ。

それまでも砂峰の通詞に心血を注いでいたのだ。

朝は蹌踉《そうろう》とした足取りで町を歩き続けた。

それでも心の奥底では、城に行かねばならぬ、と思っているようである。

いつの間にか神田に出てきていた。

朝はため息をついた。

行かねばなるまいか。

そう思いながら重い足取りで歩いていると、いつもの口入屋の近くである。

ふと思い出した。

いざという時に朝とつなぎをつけるため、この口入屋のことを免次郎に教えていたのである。

朝は、駄目で元々、と思いながら口入屋の戸を開いた。

「ああ、これはこれは朝様、ようこそいらっしゃいました。お仕事の依頼がたくさんありますよ。あ、そういえば黒瀬様はあのあと裂地《きれじ》をお見つけになられたのでしょうかね」

店に入った途端、主人がそう言うので、朝は怪訝《けげん》に思った。

「師匠が？　裂地を？」

「はいはい。茶道の方で使う布の裂地、できれば名物の裂地を探しているから、伝手《つて》を教えてくれとおっしゃって。手前どもが存じ上げている方をいくつかお伝えしたのですが……ご所望のものがお見つかりになったのか気になっております」

感九郎は墨長屋敷にも帰らずに布を探しているのか。

何のつもりなのだろう。

朝が困惑していると、主人が声を高くした。

「そうだ！　それよりこれをお知らせしないと。今朝いらした方がいて言付けを承っておるのです。お荷物も預かっております」

まさか、と思った。

胸のうちが高まる。

「……誰ですか」

「ちょっとお待ちくださいね……先日お世話になった方で、白、といえばわかると」

朝は愕然《がくぜん》とした。

白が、免次郎がつなぎをつけてきたのだ。

「どんな言付けですか」

「文でいただいたので中身は存じ上げませんよ」

そう言って覚書を渡された。

開くと、感謝する、と言う言葉と、「ものづくり御前試合」の後で会いたい、とだけ書いてあった。

「これを持ってきた人がどこにいるかわかりますか」

「そんな話はでませんでしたなあ。ああ、こちらもお渡しするように、と」

渡された巾着《きんちゃく》を開けると、小判の包みである。

奇《く》しくも、砂峰がくれたのと同じような大きさである。

白は、免次郎は金で朝を買ったつもりなのだろうか。

許せない。

朝はその包みを振り上げて土間に叩《たた》きつけた。

ひどい音がして、小判が散らばる。

「ああ、朝様、どうしたんですか……うわ、すごい小判。朝様、このお金どうされるんですか、朝様！」

主人の声を背に、朝は走り出した。

急がねばならぬ。

城へ。

御前試合へ行くのだ。

そこには白が、免次郎がいる。

朝は走った。

城に入り、割符を見せると、そこからが長かった。

御前試合であるから、とうぜん多くの重鎮たちがいる。

万一のことがないように何度も調べられるのだ。

朝が異国人の見かけをしているので、余計だったのかもしれぬ。

最終的には、父の名前を出した。

そうしたくはなかったが仕方ない。

その途端、役人の態度が変わったが、さらに時がかかった上に何やら困っている。

「通詞のロジャー・スミス様に確認を取りたいのですが、いま『ものづくり御前試合』にて審査をされているので声をおかけできず」

そういわれてさらに時が経つばかりである。

結局、洋杖《ステッキ》などの持ち物どころかいつも着ている上衣《ジャケツ》まで預けることを条件に、御前試合の末席にて静かに観覧することを許可されたのは朝が城に入ってから一刻《いっとき》以上たった時であった。

武家に連れられて行くと、会場は見渡す限りの大広間である。

朝が会場へ踏み入れた途端、広間にどよめきが走った。

「それではあの織田有楽斎長益の最後の呼び継ぎがこれと申すのか」

かなりの上役なのだろう。

上座に近いところに座っている年嵩《としかさ》の武家が声を上げた。

その向こう、一段高いところには誰もいない。

前に小霧が言った通り、将軍が不在のまま御前試合が行われているのであろう。

「おっしゃるとおりでございます」

そう応《こた》えるのは菟田免次郎である。

上座にむかって平伏している。

しばらく、何人かの武家や僧形の者たちが小声で話し合い、そのうちに上役の武家が声を張り上げた。

「審査方から、長益の最期の茶碗《ちゃわん》は真贋《しんがん》がはっきりせぬのではとの声が上がっているが」

「たしかにこの茶碗は箱もなく、世に出て使われていたわけではございませんが……この茶碗を継ぐための最後のかけらがみつかりました。このかけらには長益の花押入りの覚書がございますゆえ、本物です。つまりこのかけらがはまる茶碗が本物だといえましょう」

免次郎が身を起こし、懐から出した巾着を開けてかけらをつまみ上げる。

そのかけらを茶碗にはめ込むと、ぴったりと埋まるのを見て、また座敷がどよめきでふるえた。

「この覚書が有楽斎長益の花押が書かれたもの。どうぞお調べくださいませ」

免次郎がまた平伏して何やら書き付けられた紙を差し出すのを武家の上役が受けとって審査方に見せる素振りをした。

「……なるほど。確かにこれは織田長益直筆の花押のようであるな。真物に間違いないだろう。どうかな。審査されている皆様の異存がなければ、この織田有楽斎長益の茶碗を万国博覧会の出展物として認めたいところであるが、いかがかな」

するとずらりと並んだ者の中で、禿頭《とくとう》僧形の男が口を開いた。

「異存などござらん。菟田屋はこれをよく見つけたと思うばかり」

「他の者はよいか。もしよいなら、ロジャー殿。異国人、米利堅人の目で見て、この茶碗は万国博覧会に出品するに値する物か」

朝は固唾《かたず》を飲んだ。

やはり父がいるのか。

そう思っていると、下穿《したば》きの裾《すそ》を引かれた。

見遣《みや》れば寿之丞と小霧である。

あわてて座ると静かに耳打ちされた。

「すまん。何もできなかった」

朝は首を振った。

そもそも、自分が悪いのだ。

父、ロジャーの声が響いた。

見れば、審査方の一番奥に陣取っている。

「……金継ぎは他の国に類を見ない文化です。しかも呼び継ぎはその最たる例。日本が世界の中で力を持つには、他にない文化を持つことを多くの国々に知らしめなければなりません。この茶碗はその役目を果たせるのではないかと思えます」

見事な日本語である。

父はこの数年間で、通詞としての腕をさらに上げている。

子ながらに感心していたが、そのうちに腹が立ってきた。

父は「一目連」の持ち主《オーナー》なのだ。

手を組んでいる免次郎の出品を通すようにするのは当たり前なのだ。

つまりは八百長《やおちょう》である。

もう、勝負は決まってしまった。

「仕組み」は失敗した。

薩摩の、そして「一目連」の目論見は達成されてしまったのだ。

「それでは苑田屋の出したこの茶碗は、万国博覧会に出品することにする。苑田屋よ、仏蘭西、巴里へ随行をするよう願うぞ」

その沙汰《さた》を受けて免次郎はさらに深く平伏すると、広間の端へと控えた。

いけない。

免次郎が言ったところによると、「一目連」や薩摩藩は巴里で何かことをなすのだ。

免次郎を巴里に行かせてはいけない。

しかし、もう覆らないだろう。

自分のせいだ。

自分が免次郎を手助けしたからだ。

否、免次郎が己を騙《だま》したのだ。

朝が己を責めているその時である。

広間に声が響いた。

「次が今回の『ものづくり御前試合』、最後の出品者でござる。江戸は蔵前、墨長屋敷、黒瀬感九郎、こちらへ参られい」

朝は息を呑《の》んだ。

寿之丞と小霧も目を見開いている。

「どういうことだ、肉達磨。あいつは自分の手仕事じゃかなわねえだのなんだの言ってたじゃねえか」

「知らん知らん。まったくわからん」

二人がひそひそと言葉を交わすのを聞きながら、朝は先日、感九郎からうけた相談のことを思い出していた。

あの時、感九郎は「ものづくりの『隙間』」と言うようなことを口走っていた。

会場の間の襖《ふすま》が開き、感九郎が入ってきた。

木箱を手にしている。

いつもよりさらに小綺麗《こぎれい》な恰好《かっこう》で、黒い紋付きを着ている。

膝《ひざ》をついたまま慇懃《いんぎん》に出てきて、平伏した。

その前に朱塗りの大きな盆が置かれる。

「さて、黒瀬とやら。そちの出品する品はどこであるか」

上役の武家がそう言うのへ、感九郎はさらに深く平伏し、身を軽く起こすと手元の木箱を開け、中身を盆の上にのせた。

巾着《きんちゃく》のような袋である。

いや、あれは仕覆だと言っていた。

その口をあけ、中から黒い茶碗を取り出した。

「こちらでございます」

「ん、これは……茶碗か？」

「こちらは利休居士の『大黒』の写でございます」

　写とは、有名な器をそっくりに真似してつくったものである。

　千利休のつくらせた茶碗「大黒」は朝でも聞いたことのある名品だが、その写なのだろう。

「なに？　恐れ多くもこの御前試合にわざわざ写などを出品すると申すのか」

上役武家の苛立《いらだ》ったような声が上がった。

平伏したままの感九郎がそれに応える。

「皆様にお目通りさせていただきたい品はこの茶碗ではなく、こちらの仕覆でございます」

「なんと仕覆とな。しかし、仕覆は中身があってこそ」

「こちらはこの『大黒』写に合わせましたが、どの器にあわせても仕立てられます」

「おかしな話を申すな。仕覆とは元来、そういうものであろう」

「こちらの仕覆、仮に、片身替わり仕覆『開国』と名付けました」

片身替わり。

感九郎と話をしていた時に出てきた、服の右と左で違う反物を使う技法である。

その技法で仕覆をこしらえたのか。

しかし、開国という名はいったい。

感九郎は話し続ける。

「片身は裂地《きれじ》を使いました。こちらはどのような裂地でも仕立てることができます。そしてもう片身はメリヤス地。編み物の布地でございます。絹糸にて編み上げました。それらの生地を継いでこの仕覆を仕立てた次第」

会場がざわついた。

方々でひそひそと話し声がする。

朝も驚愕《きょうがく》していた。

編み物技法でつくったメリヤス地と伝統的な裂地をつなげてしまったというのか。

それは。

慌てて上役武家が声を張り上げた。

「ええい、静かに……これは面妖《めんよう》な。見たことも聞いたこともなし」

すると感九郎は盆を持ち上げ、捧《ささ》げるようにして審査方へと差し出した。

そのうちに、茶坊主の一人がその盆を受け取り、観覧をしているこちらの間にいる者にも見せはじめたが、遠い。

朝は人をかき分けるようにして前に出た。

感九郎がここまでして御前試合に出した品をなるべく近くで見たかったのだ。

寿之丞と小霧も後を追ってくる。

そこへちょうどよく見えるように盆が近くまでやってきたので、朝は穴が開くほど見つめた。

たしかに右半分と左半分で生地が違っている。

しかも一方はたしかにメリヤス地だ。

見事な出来である。

だが、それ以上にこのような品は見たことがない。

メリヤス地と裂地とが、丁寧につがれている。

まるで、糸と布でできた呼び継ぎである。

こんな不思議なものを感九郎が作ったのか。

もっと近くで見たい。

しかし、盆はそのまま通り過ぎ、感九郎の元に戻されてしまう。

上役武家が困惑したように顔をしかめながら口を開いた。

「黒瀬とやら、あの仕覆を出品するということで間違いないな」

「いえ、あれはあくまでこの茶碗《ちゃわん》に合わせたに過ぎませぬ」

「と言うと？」

「巴里の万国博覧会に出品される茶器の中には、仕覆の欠ける品、仕覆がやれてしまった品もあるかと存じます。もちろん、新しい仕覆をお仕立てすることでありましょうが、その時の提案のため、仕立ててみた次第」

感九郎がそう言うと、審査をする者の間から声が上がった。

「もう我慢ならん。さかしらに何を言う！」

見れば、例の禿頭《とくとう》僧形の男である。

「仕覆づくりは、千家に道具を納めていた職方のうち、袋師がなすことである。由緒ある職なのだ。異国趣味に走るのは邪道だぞ。メリヤスなど異国の技法の出る幕はない！」

それに続けて他の者たちも声を上げ始めた。

「仕覆が必要になれば、その意匠は市井の者ではなく茶人や職人に任せるのがよい」

『格』や『伝統』を重んじなければならぬところへ、そんな奇矯なものを持ち込

「片身替わりの手法は以前からあれど、この品のように軽々しく使うものではない。むとは笑止」

「ただ面白ければ良いというものではないぞ」

審査をする物たちの間から叱責《しっせき》の声が上がる。

しかし、感九郎は押し黙り、ただただ平伏している。

なぜ何も言わないのだろう。

感九郎の知見があればそれぞれの発言に、まっとうに応《こた》えられるはずだ。

ものの作り手としての意見をしっかりと持っているはずだ。

朝にあれだけ語ったのだから。

苛々《いらいら》してきた。

師のつくったものが、なぜそんなことを言われなければいけない。

そしてその師は、なぜ黙って首を垂れているのだ。

「名」、「伝統」、「格」。

なんだそれは。

そんなものより目の前にあるもの自体をなぜ見ない。

そこに、たしかに、あるのだ。

「名」など、「伝統」など、「格」など、どこにあるのかわからぬのに。
はっきりとあるものをなぜ見ないのだ。
否、違う。
感九郎自身も「名」については語っていた。
こうなることもわかっていたのだ。
朝よりも、ずっと、ずっと理解しているのだ。
感九郎はわかっていて、黙って這《は》いつくばっているのだ。
それでいいのか。
それでいいのか、自分は。
それでいいのか、僕は。
「ご意見申し上げますこと、お許しいただきたい！」
自分の口から、跳ね上がるような声が出たことに、朝は驚いた。
そして、知らず知らずのうちに立ち上がっている。
否、自分の声につられて立ち上がってしまったのだ。
途端、上座脇に座っている上役の武家が厳しい声を上げた。
「控えよ！　ここをどこだと思っている」

「僕の……私の名前はアーサ・スミスと申します！　通詞をしております」
自分の口から異国の名が出たことに朝は驚いていた。
物心ついてから、日本名の「朝」しか名のることはない。
日本人である母が好きだったからである。
しかし、もちろんのこと、米利堅人としての名も与えられていた。
アーサ・スミス。
それが朝の米利堅人名である。
――アーサって「人の住むところ」って意味だってお父様が言っていたよ。
朝の小さい頃、亡くなった母がそう言っていたのを思い出した。
――それってなに？
――この国も、米利堅も「人の住むところ」なの。
――うん。
――仏蘭西も英吉利もどこもかしこも、「人の住むところ」なの。とても良い名よ。
母はそう言って、笑った。
すっかり憶《おぼ》えから消えていたことだ。
物心がつく前の会話かもしれぬ。

僕は朝。

そして、アーサ・スミスでもある。

僕の名は「人の住むところ」なのだ。

上役武家が声を高くする。

「控えよ！　無礼を重ねるとただではすまんぞ」

「いえ、ここにお集まりの皆様に一命を賭《と》してお伝えしたいことがあります」

朝は高らかに声を上げた。

途端、寿之丞が「やめろ、朝。ただではすまんぞ」とまた下穿《したば》きの裾《すそ》を引いてくる。

間髪をいれず、小霧がそれを止める。

「いや、喋《しゃべ》らせろ。乗りかかった船だ」

「朝を危うい目に遭わせるわけにはいかぬ」

「身を捨ててこそなんとやらだ。とにかく喋らせろ」

囁《ささや》くように口論している二人を一瞥《いちべつ》し、朝は前を向いて口を開いた。

「恐れながら申し上げます。そちらの仕覆は半身が伝統の裂地を使う一方で、もう半身に異国文化のメリヤス技法で編んだ布を使って、その二つを継いでいる様子。伝統と新しさを兼ね備えた品と存じます」

途端に例の禿頭僧形の男が声を上げた。

「そういうところがさかしらなのだ。ものをつくるということを頭でばかりなしてはならんのだ。覚えておくがいい」

「頭ばかりだと思えばそう見えましょう。しかし、こちらの仕覆は編み、縫い、手を動かしてつくったものです。頭ばかりではございません」

「そういうことではない」

「そういうことです。むしろ、『名』だの『伝統』だの『格』だのにとらわれている方がよほど頭でものを判断しています」

大広間に緊張が走る。

にわかに禿頭の男の顔が朱に染まった。

「そういう物言いがさかしらなのだ！　『名』、『伝統』、『格』にはきちんと理由があるのだ。残るべくして残っておる。それがわからずしてそのような口をきくな、若造が！」

「それらに理由があるならば、こちらの言い分にも理由がございます。そのようなものばかりにこだわっていては、時代の流れにおいていかれ、この国がなくなってしまいます！」

口から言葉が飛び出た。

広間がざわついている。

禿頭《とくとう》の男の声が浮き足だった。

「なにを言う……」

「まず、さきほどおっしゃられた『異国趣味』についてですが、利休七人衆の高山右近や蒲生氏郷が切支丹《キリシタン》であり、異国趣味に傾倒していたというのはもちろんご存知のことでしょう。そもそもが茶の湯は異国趣味を受け入れているということではないですか。切支丹の禁令もありますが、黒船来航以降、異国とここまで接近しているいま、それは見直すべきです」

白の、免次郎の受け売りである。

朝は詳しくは知らぬ。

しかし、言葉が先んじた。

「む……」

禿頭の男の勢いが落ちた。

考える間もなく次の言葉が口から飛び出る。

「さきほど、どなたかが『市井の者ではなく茶人や職人に任せるのがよい』とおっしゃいました。ですが、ものをつくるのは名声のある職工だけじゃありません。名の出ない職人たち、そして職人ですらない大勢の者がさまざまな品を生み出しております。それらの質が実に良いのが異国には評価されています。これは日本の、この国の強みです」

これも免次郎の受け売りで、言っていたことほぼそのままである。

朝は、言葉に関しては一度聞いたことは忘れないのだ。

審査をする者たちの方から唸《うな》り声が上がった。

気にせず、朝は語り続ける。

「片身替わりを軽々しく使うなとも仰られましたが、様々な布地を組みあわせて継ぐ技法は、仏教僧の身につける袈裟《けさ》の元になった古《いにしえ》の『糞掃衣《ふんぞうえ》』にも見られるものです。それらとこの仕覆のどこに違いがあるのでしょうか。もしあるとすれば思い込みにすぎません。こだわりさえ捨てれば、昔から使われていた技法をいまここで使うことに何の不都合もありません」

これは感九郎が言っていたことだ。

すでに場は静まっているが、ぴん、と張られた琴線のように緊迫している。

しかし、口はつぐまない。

「唐より伝来した『太極』の考え方もありましょう」

　もう誰も口を開かぬ。

　それはそうだ。

　城中の、お偉方相手に好き勝手言っているのだ。

　下手に相手をすれば首が飛ぶ。

　もちろんここまでしてしまった朝は、もう駄目かもしれぬ。

　でも今は、ただただ話し続けるだけだ。

『混沌《こんとん》から両儀が生じ、四象を経て八卦《はっけ》と分かたれるも、陰陽和して太極となす』。

古より伝わるこの考えは『分かたれたものが元に戻る』ことを説いているはずです」

　これは寿之丞が言っていたことだ。

　朝はおおきく息を吸った。

「本来、違うと思われているものを和合させて一つのものにしたこの片身替わり仕覆は、まさにその『伝統』的な考えを体現しているのではないでしょうか」

　話しながら、朝は自分のことを思った。

　本来一つのものなのに分かたれてしまった。

　日本人の母と、米利堅人の父はなぜ別々に住まなければならなかったのだろう。

同じ一つの家族であるはずなのに分かたれてしまったのだ。

だからこそ朝は自分がわからなかった。

自分が分かたれてしまっていたのだ。

「半身の伝統の裂地と、もう半身の異国文化メリヤス地が継がれて一つとなっている様子からは、日本と異国とを継いでいきたい、つないでいきたい、という意図が感じられます」

これは誰の言葉でもない。

朝の言葉だ。

感九郎の仕立てたこの仕覆は僕なのだ。

日本人、朝。

米利堅人、アーサ・スミス。

そのどちらかを自分にしなければならないと思い込んでいた。

その考えは「名」だ「格」だとこだわるあの人たちと一緒なのだ。

そのどちらもが自分なのだ。

いままで自分は一つなのだと思っていた。

そうではない。

さまざまな自分がいる。

その様々な自分を、まるで呼び継ぎのようにつなげていくことが、生きるということなのだ。

途端、感九郎の言葉が脳裏に走った。

──朝にしか見えぬ景色があるということを忘れぬ方が良い。

その意味が少しわかったような気がした。

そして、それは僕だけではないのだ。

おそらく、皆《み》んながそうなのだろう。

「日本と異国とのつながりを表しているその様は万国博覧会のような場にふさわしいかと。だからこそ作り手は仮にも『開国』と銘うたれたのではと推しはかれます。なにとぞこの片身替わり仕覆『開国』、皆様の思い込みを捨てていま一度ご覧いただけましたら幸いです。通詞、アーサ・スミスの一命を賭《か》けてお願いする所存でございます」

上役武家が声を高くした。

「控えよ！　誰か、あの者をなんとかせよ！」

すぐさまに何人かの武家が立ち上がり、朝の方へ小走りで寄ってきた。

やはりそうなるか。

万事休すである。

両側から脇を固められ、そのまま連れて行かれようとするときである。

「待て」

どこからか声が聞こえた。

見遣《みや》れば、上役武家がかしこまっている。

「しかし……」

「その者を放すが良い」

その声は上役武家の近くから聞こえる。

あれは誰なのだろう。

「お言葉ながら、あの者の振る舞いは不敬極まりなく……」

「そうかな。聞くに間違えたことは言っておらんと思うが」

声を上げた者が立ち上がった。

背は大きからず小さからず、細身の身体に直垂《ひたたれ》をまとっていて、見るからに格が高そうである。

「私は凸橋慶喜である」

その瞬間、広間にいるすべての者が平伏した。

朝は呆気《あっけ》に取られた。

次代の将軍として推されながらも固辞している、この国の盟主に一番近い位置にいる武家である。

朝も慌てて平伏した。

慶喜が歩んでくる。

「苦しゅうない。皆の者、面を上げよ……通詞、アーサ・スミスと申したか」

「はい」

「そなたの話をしかと聞いたぞ」

「……畏《おそ》れ多いことでございます」

「若いのによく勉強しているな。言葉も達者だ」

「恐縮至極でございます……」

「ふむ。そなたの言うことは間違いないと私は思う。『名』や『格』、『伝統』みたいなものにこだわっていては足元をすくわれる。我々にとって大事でも、異国には関係ないということがある」

それはたしかにそうなのだ。

慶喜がゆっくりと近づいてくる。

朝は平伏したままであったが、それがわかった。

「が、同時にそれらは大事なものだ。『名』は信用につながる。『格』は大勢でことにあたるときには必要だ。『伝統』を経て残ったものは意味がある。だからこそ重んじられる。そなたならわかるだろう」

朝は固まった。

砂峰が話していたのはそういうことであるのが、改めてわかった。

「アーサ・スミスよ、面をあげよ……そなた、さきほど新しさと伝統の両方を重んじることを説いたな」

顔を上げると、慶喜公はすぐそこまでやってきていた。

問いに応《こた》えようとしたが、のどが詰まって声が出ない。

仕方なく、うなずいた。

「ふむ。日本は異国の中で残っていかなければならぬ。そのためにも万国博覧会に出展するのだ。つまり、この『ものづくり御前試合』は国の存亡がかかっているのだ。それもわかるな」

慶喜の顔は能面のように無表情であった。

朝はうなずいた。

「だからこそ、皆、『名』や『格』、『伝統』を重んじるのだ。この国の存亡がかかっているのだ、賭《か》けには出れぬ。それはわかるか」

朝はうなずいた。

慶喜の言っていることは正当である。

しかし、この国の今までのやり方はこれからは通じないのだ。

異国人の父と、日本人の母の間に生まれた朝だからわかる。

短いながら、砂峰に薫陶を受けた朝だからわかる。

なにより、日々、通詞として異国人とやりとりをする朝だからわかる。

内側でうまくやっていく方法は、外に開かれたなかで生き残っていくには役に立たないのだ。

それをつなげるものが必要なのだ。

だから、朝は慶喜の目をまっすぐに見た。

こういう時はそうするのだ。

すると、慶喜はひとつ、うなずいて振り返った。

「先ほどの仕覆を出品した黒瀬とやら、このアーサ・スミスの言うことは、そなたの意にかなうものか」

するとかん九郎は深く平伏した。

「核心を射ていたかと存じます。それもそのはず、この仕覆の原案はなにをかくそう、そのアーサ・スミスの考えたもの。私はそれを少々改め、作り上げただけのことでございます」

言葉に朝は驚愕《きょうがく》した。

何を言っているのだ。

僕はそんな仕覆は作ったことがない。

作ったことがあるのは、あの首巻きだけだ。

否、違う。

あの首巻きか。

あれが元なのか。

朝が呆気に取られていると、慶喜は口を歪《ゆが》ませた。

「それは異なものだな。しかし、面白い。どうだ、皆の者。この仕覆を万国博覧会に持っていくというのは」

「！……慶喜様、それは」

上役武家の一人が声をあげ、審査方の者たちが顔を見合わせている。

「いや、正式な出品ではない。この者が言うように、仕覆の欠けた茶器に使うだけで良い。それなら問題あるまい」

「しかし慶喜様、大抵の茶器にはすでに仕覆が用意されております」

その言葉を聞いて、朝は思い出した。

たしか免次郎が言っていたのだ。

「……慶喜様……おそれながら申し上げます」

朝は詰まったのどから無理やりかすれ声を出した。

「苦しゅうない。申してみよ」

「さ、さきほど菟田屋が出品した長益の茶碗には仕覆がないはずです」

それは免次郎が言っていた。

元々、あの茶碗《ちゃわん》に箱やら仕覆やらは作られてない、と。

それを聞いた慶喜がまた口を歪ませるのを見て、朝はわかった。

これは笑っているのだ。

「菟田屋よ、どこにいるか」

「……ここに控えております」

「長益公の茶碗に仕覆がないというのは本当か」

「たしかにございませぬ」

「よし……皆の者、この件、凸橋慶喜の名において次のように始末する。ひとつ、菟田屋出品の長益の茶碗に、この片身替わり仕覆を合わせることとする。黒瀬とやら、きっちりと仕立てられよ」

途端に、審査方や上役武家の間から不満の声があがる。

しかし、間髪をいれずに慶喜が声を高くした。

「静まれ。まだ終わってはおらぬ。私も将軍職を固辞しながら、ただこのような無理を通そうとは思っておらん……アーサ・スミスよ、これからの新しい時代のためにお主の話に耳を傾けなければと思った故、このようにした。しかし、同時に伝統も無視できぬ。それはお主も言っていたことだな」

朝はうなずいた。

「よし。先ほどの始末にさらにつけ加えよう。ひとつ、来年の万国博覧会にアーサ・スミスを通詞として随行させることとする。そして巴里にて異国のなか、わが国が有利な立場に立てなかった時は、アーサ・スミスにその責をとらせることとする。帰国したのち、皆の好きなように処罰せよ」

朝は飛び上がるようにして立ち上がった。

話が違う。なぜ自分がそんなことまで責任をとらなければいけないのだ。分が悪すぎる。

その様子を見た慶喜はさらに口を歪ませた。

「アーサ・スミスよ、この国の『伝統』をおさえて新しいことをするには、これくらいのことが必要なのだ。それにそなたは言っていたではないか。『一命を賭《か》けてお願いする』と。それはこういうことではないのか」

なんという采配《さいはい》だろう。

先ほどまで、話のわかるお方だ、と思っていたがとんでもない。

何も答えられぬままでいると、慶喜が身を翻して上座の方へと去っていった。

とんでもないことになってしまった。

朝は後悔したが、後の祭りである。

第九章　朝、叫ぶ

「どうなるかと思ったが、なんとかなったのう」

寿之丞が低い声を響かせた。

城からの帰り道だ。

感九郎とも合流し、寿之丞、小霧と朝はゆっくりと歩んでいた。

お堀をこえて、町にさしかかったところである。

「なんとかなったのでしょうか」

朝は泣きたい気持ちである。

万国博覧会で日本が不利な立場になった時には朝が責任を取らなければならない」のはどう考えても不条理である。

「とりあえずの首はつながったじゃねえか」

「コキリよ、お主が喋《しゃべ》らせろと言ったからああなったのだぞ。それがしは冷や汗をかいた」

「ふん、いざとなりゃあの場にロジャーもいたからな。命まではとられねえとふんだんだよ。そのおかげで、幕府方の通詞の一人として仏蘭西に行けるようになったじゃねえか。向こうに行けるんなら菟田免次郎や薩摩藩、そして『一目連』の企《たくら》みをなんとかできるだろうさ」

「偉そうに言うな。今回、一番働いたのは朝だ。お主はなにもせんかったではないか」

早速、寿之丞と小霧がもめはじめたのを朝は止めた。

「喧嘩《けんか》するのはやめてください。ジュノさんもコキリさんも一緒に仏蘭西に来てくれるのですか」

「それは御前《ごぜん》次第だぜ。あとは韋駄天茄子《いだてんなす》も行くみてえだから文句言うな。師弟仲良く行ってきやがれ」

今回の「ものづくり御前試合」で残った者は菟田免次郎と感九郎ともう一人だけであったが、その三名は巴里に随行できるらしい。

「うむ。私は『魚吉』があるから行かぬかもしれぬが……朝がそんな心細いのであれば真魚と相談してみるか」

そう言って顎《あご》を撫《な》でる感九郎の肩を、寿之丞が大きな手で叩《たた》いた。

「しかし、今回はクロウに助けられたな。まさか単身、出品するとは思わなかったぞ」

「たしかにそうだ。貴様、成長したな。韋駄天茄子だけのことはある」

「いや、私のできることはああいうことだけですから」

感九郎はそう言いながらも嬉《うれ》しそうである。

寿之丞と小霧がまた他愛もない口喧嘩を始めたので、朝は感九郎の方へ寄った。

「師匠、あの仕覆の原案が私というのは……」

「ああ、朝の首巻きがな、やはり私には面白く思えてな。参考にさせてもらった」

「本当にあの首巻きが元なのですか」

「それ以外になかろう。あとはな、朝に相談に乗ってもらった時に思ったのだ」

「ものづくりの『隙間』というやつですか？」

いまだにわからない。

いったい何のことなのだろうか。

そう言うと、感九郎は宵闇に染まる空を見上げた。

「人の心にはいろいろな隙間がある。その隙間を狙って作ると、面白いものがつくれるのだ。たとえば『見たことのないもの』を見ると、それがどんなものであれ人は興味を引かれる」

「あの仕覆は『見たことがないもの』ということですか」

「そうだ。しかし、それだけでは何ともならん。『名』や『伝統』に負けてしまう。今回は、万国博覧会という日本と異国が出会う場に即したものをつくれたからこうなったのだが」

感九郎はこちらを向いた。

朝のことをまっすぐ見つめてくる。

「そのようなことを朝がよく解し、言葉にしてくれたからうまくいったのだ。あの仕覆だけ、物だけではなんともならなかったと私は思う。その意味でも今回は朝のお手柄だ」

そう言って微笑んだ。

その時である。

宵闇に、声が響いた。

「朝よ……捜したぜ」

その声は決して大きくはない。

だが、胸に響いた。

こう喋るのは、たいてい悪い奴なのだ。

朝は、否、感九郎たちも皆《み》んな振り向いた。

いや、違う。

振り向かされたのだ。

吊《つ》り気味の、悪い奴の目。

逆八の字に真っ直ぐな眉《まゆ》と広い額。

さすがに着流しではなく、羽織姿ではあったが、いつもどおり大きな布を肩にかけている。

「白さん……いや、菟田免次郎」

朝が呟《つぶや》いた途端、胸に怒りの炎が燃え上がった。

僕を、私を騙《だま》した免次郎。

自分の望みのためにいいように使った免次郎。

本当の名すらも教えていなかった免次郎。

「怒ってるのか……口入屋に渡した手紙は見てないのか」

「それは見ました。あんな金で僕を使い捨てようというのですか」

「誰がそんなことを言ったんだ。前にきちんと礼金は払うと言ったじゃねえか」

「だってあなたは僕を騙していたでしょう？」

「騙す？　なんだ、俺がなんかしたか？」

「名前を教えてくれなかったじゃないですか。何が白ですか。白うさぎですか。あなたは菟田免次郎だったじゃないですか！」

そこで騙されなければこんな目に遭わなかったのだ。

「おいおい、白も白うさぎも俺のあだ名だぜ。横浜のやつはみんな、俺のことをそう呼んでいる」

「なんで本当の名を教えてくれなかったんですか」

「本当も何も、俺は白って呼ばれるのが好きなんだよ。家のことが嫌いでおん出たからな……そんなこと言ったら、お前さんもアーサー・スミスって名前を隠してたじゃねえか」

「朝も本名です」

「そうかもしれねえが、アーサーって名乗らなかっただろう」

水掛け論である。

朝は腕を組んでそっぽを向いた。

話が通じない。

「そうふくれっ面をするなよ。今日、御前試合の場にお前さんがいることも驚いたが、あの演説には驚いた。弁が立つのは知っていたが、あれほどとはな」

「……あなたの言っていたことの受け売りです」

「そういやそうだな」

「いい気にならないでください。それだけじゃないですから」

「わかってらあ。それでな、俺はお前さんに伝えに来たんだ」

「伝えに来た？　何をですか？」

「この間は俺はお前さんのことを見直した。しかし、今日はな……」

免次郎は少々吊った細い目で、すう、とこちらを睨《にら》んだ。

心の底を見透かされている気がする。

そうしてしばらくである。

まるで挨拶《あいさつ》がわりの世間話をするように口を開いた。

「俺はいままで欲しいものは必ず手に入れてきた。仏蘭西で俺はお前さんを手に入れてみせるぜ」

静かにそう言うと、ふいっ、と背を向け、歩いていってしまう。

朝はしばらく、何が何だかわからぬまま呆《ほう》けていた。

そのうちに、寿之丞が呟いた。

「ずいぶんな付け文だ。あんな狡猾《こうかつ》な奴に狙われるとは朝も大変だのう」

「付け文？」

朝が鸚鵡《おうむ》返《がえ》しにそう言うと、寿之丞は肩をすくめた。

「恋文のことだ」

「こいぶみ？……こいぶみとはあの恋文のことですか」

その場で飛び上がってそう口走ると、小霧が面倒そうに口を開いた。

「他にありゃしねえよ」

「ええっ！　恋文！　だって免次郎の奴は僕のことを男だと思っているはずですよ」

「そんなもん、関係ねえよ。貴様のことがよほど気に入ったんだろ」

「ええええっ！　どうすれば良いのですか僕は。恋文！　何でそうなるのですか」

朝が狼狽《ろうばい》しているのを見て、感九郎が眉間《みけん》に皺《しわ》を寄せて腕を組んだ。

「ううむ、朝をいろいろな意味で守るためにも、本気で仏蘭西行きを真魚に相談せねばならぬな」

心配してくれているようだがそれどころではない。

頭のなかも、胸のなかも尋常ではない。

万国博覧会での幕府方の通詞役。

我が身に負った不条理な責任。

免次郎の告白。

もう、許容できる量を超えている。

朝が大口をあけて「ええええっ！」と驚きの声をあげるのを、遠ざかる菟田免次郎の背中が受け止めていた。

本書は書き下ろしです。

幕《ばく》末《まつ》万《ばん》博《ぱく》騒《そう》動《どう》

横《よこ》山《やま》起《たつ》也《や》

令和7年 4月25日　初版発行

発行者●山下直久

発行●株式会社KADOKAWA
〒102-8177　東京都千代田区富士見2-13-3
電話　0570-002-301（ナビダイヤル）

角川文庫 24625

印刷所●株式会社暁印刷
製本所●本間製本株式会社

表紙画●和田三造

ISBN 978-4-04-115897-5　C0193

角川文庫発刊に際して

角川源義

第二次世界大戦の敗北は、軍事力の敗北であった以上に、私たちの若い文化力の敗退であった。私たちの文化が戦争に対して如何に無力であり、単なるあだ花に過ぎなかったかを、私たちは身を以て体験し痛感した。西洋近代文化の摂取にとって、明治以後八十年の歳月は決して短かすぎたとは言えない。にもかかわらず、近代文化の伝統を確立し、自由な批判と柔軟な良識に富む文化層として自らを形成することに私たちは失敗して来た。そしてこれは、各層への文化の普及滲透を任務とする出版人の責任でもあった。

一九四五年以来、私たちは再び振出しに戻り、第一歩から踏み出すことを余儀なくされた。これは大きな不幸ではあるが、反面、これまでの混沌・未熟・歪曲の中にあった我が国の文化に秩序と確たる基礎を齎らすためには絶好の機会でもある。角川書店は、このような祖国の文化的危機にあたり、微力をも顧みず再建の礎石たるべき抱負と決意とをもって出発したが、ここに創立以来の念願を果すべく角川文庫を発刊する。これまで刊行されたあらゆる全集叢書文庫類の長所と短所とを検討し、古今東西の不朽の典籍を、良心的編集のもとに、廉価に、そして書架にふさわしい美本として、多くのひとびとに提供しようとする。しかし私たちは徒らに百科全書的な知識のジレッタントを作ることを目的とせず、あくまで祖国の文化に秩序と再建への道を示し、この文庫を角川書店の栄ある事業として、今後永久に継続発展せしめ、学芸と教養との殿堂として大成せんことを期したい。多くの読書子の愛情ある忠言と支持とによって、この希望と抱負とを完遂せしめられんことを願う。

一九四九年五月三日